혼자만의 시간

혼자만의 시간

이남호

마음산책

혼자만의 시간

1판 1쇄 발행 2000년 12월 20일
1판 2쇄 발행 2001년 1 월 25일

지은이 | 이남호
발행인 | 김혜경
편집인 | 정은숙
펴낸곳 | 마음산책
편집 | 이호준 · 고은희
디자인 | 최인경
영업 | 이동훈 · 엄현진
관리 | 송문미
등록 | 2000년 7월 28일(제13 - 653호)
주소 | 서울시 서대문구 충정로 3가 270 (우 120 - 840)
전화 | 362 - 1452 ~ 4
팩스 | 362 - 1455
인터넷 | http://www.maumsan.com
E-mail | maum@maumsan.com
인쇄 | 한영문화사
제본 | 영신사

ISBN 89 - 89351 - 05 - 7 03810

* 책값은 뒤표지에 있습니다.

고독만큼 좋은 친구는 없다고 하지만,

고독한 삶보다 고독을 잃어버린 삶이 더 견디기 어려울 것 같다.

글 머리에

조용함 속에서만 보이고 느껴지는 것들이 있다. 그런 것들을 단정한 언어에 담고 싶었다. 조용히 창 밖의 세상을 응시하고 쓴 글들이지만, 세상보다 나 자신이 더많이 담긴 글이 된 듯하다. 지금까지 내가 써 왔던 글과는 분위기가 사뭇 다르다. 싫지 않다. 오히려 나르시시즘을 느낀다. 특히 마음에 드는 몇 편은 책상 서랍에 숨겨두고 혼자서만 읽고 싶을 만큼 사랑스럽다. 못난 내 글에 대한 나의 맹목일 것이다. 어머님께서도 읽으실 수 있는 책을 내게 되어서 기쁘다.

이남호

차례

5

4

© 남궁산

혼자만의 시간

집에서든 학교 연구실에서든 거의 언제나 음악을 틀어 놓고 있는 편이다. 음악에 몰두하는 시간은 얼마 안 되고 대개는 딴 일을 하면서 음악을 배경으로 두고 있다. 그럴 때면 음악은 나의 의식 속으로 들어왔다가 나갔다가 하면서 내 주변에서 서성인다. 딴 일을 하다가 문득 내 의식 속으로 들어오는 어떤 멜로디가 있어 일손을 놓고 그 음악에 집중하게 될 때가 좋다.

연구실에서 책을 읽다가 점심 시간이 되어 방문을 잠그고 나서는데 문득 음악 소리가 들린다. 라디오를 끄지 않은 것이다. 다시 들어가 라디오를 끌까 하다가 그냥 문을 닫고 나와 버렸다. 음악도 가끔은 저 혼자 있고 싶을지도 모른다는 생각이 들어서였다. 그러고 보니 음악은 항상 나에게 불려와 나와 함께 있었지 저 혼자의 시간을 거의 갖지 못했던 것 같다. 점심을 먹으면서 내 방에 혼자 있을 음악을 떠올렸다. 음악은 참 오랜만에 혼자만의 시간을 가지고 내 방의 책들과 가구들을 쓰다듬어 보기도 할 것이고 또 가끔 내가 그러하듯이 창밖의 풍경도 물끄러미 쳐다보거나 책상 서랍을 열어 보기도 할 것이다.

함께 있음 또는 무리지어 있음이 소중한 미덕이 아님이 아니나 홀로 있음 또한 때때로 필요한 일이다. 수천 마리가 무리지어 하늘을 날아가는 철새떼도 장관이지만, 하늘의 적막을 홀로 지키는 매 한 마리의 비상도 아름답다. 하동에서 쌍계사 가는 길을 꽃터널로 만들어 버리는 수백 그루의 벚꽃나무도 아름답지만, 산 모퉁이에 홀로 활짝 핀 벚꽃나무 한 그루는 또 다른 아름다움으로 나의 눈길을 뺏는다. 낯선 세계에 홀로 머무는 이방인같이 적막하게 피어 있는 들꽃 한 송이, 저 멀리 세상과 떨어져 홀로 웅크리고 있는 외딴 집, 깊은 산속으로 난 작은 길을 홀로 걸어가는 스님의 뒷모습, 텅 빈 찻집의 테이블에 마지막 손님이 남기고 간 빈 찻잔 하나 같은 것들에는 혼자만의 시간이 빚어낸 아름다운 여운이 있다.

마음이 맞는 친구들과 함께 등산을 가는 것도 좋지만, 혼자서 호젓하게 산길을 걷는 맛이 좋아 나는 자주 혼자서 산행을 간다. 그리고 단체 여행을 가면 나는 늘 혼자만의 시간이 그리워 뒤에 홀로 처지기 일쑤다. 며칠 동안 계속해서 혼자만의 시간을 가지지 못할 때는 신경이 날카로워지고 생활의 리듬을 잃어버린다. 고독만큼 좋은 친구는 없다고 하지만, 고독한 삶보다 고독을 잃어버린 삶이 더 견디기 어려울 것 같다. 임어당이 말하기를, 대여섯 명이 함께 차를 마시면 저속(低俗)한 것이고, 서너 명이 함께 차를 마시면 유쾌한 것이고, 두 명이 함께 차를 마시면 한적한 것이고, 홀로 차를 마시면 이속(離俗)이라 했다. 차를 마심에 있어서도 홀로 마시는 것이 최상이라는 것이다.

날로 번잡해지는 세상은 혼자만의 시간을 잘 허락하지 않는다. 또 혼자 있는 심심한 시간을 잘 견디지 못하는 사람들도 늘어가는 것 같다. 세상은 두 개의 공간, 즉 함께 있는 공간과 홀로 있는 공간으로 이루어져 있다고 생각할 수 있다. 그렇다면 혼자만의 시간을 갖지 못하는 사람은 세상의 반쪽 공간만을 살아갈 뿐이다. 그는 세상의 절반을 보지도 못하고 느끼지도 못하는 것이다. 사람뿐만 아니라 모든 존재들에게도 혼자만의 시간이 필요한 지 모른다. 꽃도, 책도, 음악도, 책상과 걸상도 가끔은 혼자 있도록 내버려두어야 할 것 같다. 거의 매일 사용하는 만년필도 하루쯤은 책상 서랍 속에 넣어서 고독을 즐기도록 해 주고 싶다. 김소월이 노래한 「산유화」란 시에는 "산에서 피는 꽃은 저만치 혼자서 피어

있네"라는 구절이 있다. 저만치 혼자서 피어 있는 꽃을 통해서, 김
소월은 혼자만의 시간이 지닌 소중함과 아름다움을 말하려 했던
것인지도 모른다.

유월

　사계절이 뚜렷이 구분되는 곳에서 계절의 변화를 느끼며 살 수 있다는 것은 축복이다. 만물이 소생하고 꽃들이 만발하는 봄, 녹음이 무성하고 태양이 뜨거운 여름, 곡식이 여물고 낙엽지는 가을, 흰 눈이 내리고 찬바람이 휘몰아치는 겨울 등 그 모든 계절이 나름대로의 풍미를 지니고 있다. 그러나 좀더 섬세한 사람들에게는 일 년의 변화가 사계절로만 느껴지는 것이 아니다. 열두 달 모두가 제 나름대로의 색깔과 정서와 분위기를 지니고 있다. 일월이 소나무 사이로 떠오르는 아침 해의 달이라면, 온갖 생명들이 부활하는 사월은 '잔인한 달'이며, 또한 신록이 아름다운 오월은 '계절의 여왕'이라고 불린다. 그런가 하면 칠월은 '청포도 익어가는 계절'이며, 시월은 시골 아낙네가 '오메 단풍 들것네'라고 놀라는 달이고 십이월은 크리스마스의 계절이다.

그런데 일 년 열두 달 가운데서 가장 무덤덤하고 개성이 없이 느껴지는 달이 유월이다. 유월은 열두 달 중에서 가장 낮은 곳 또는 가장 뒷줄에 서 있는 달 같다. 어떤 모임에 나가 보면 그의 존재가 잘 느껴지지 않는 사람, 함께 있어도 눈에 잘 띄지 않는 사람이 있다. 유월은 마치 그런 사람과 같다.

유월에는 반짝이는 기념일도 없다. 슬픈 기념일인 현충일과 6.25가 있을 뿐이다. 그래서 그런지 유월을 노래한 시도 별로 없는 것 같다. 유월은 시인들의 흥취를 자극할 만한 아무런 매력도 없는 달인 모양이다.

나도 예전에는 아무 개성이 없는 듯 무덤덤한 유월을 싫어했다. 유월은 대체로 지루한 달이었다. 그러나 요즘은 유월에서 묘한 매력을 느낀다. 우선 유월의 한낮에는 묘한 적막감이 있다. 유월의 뜨거워지기 시작하는 햇살을 받으며 주택가 골목길을 걷고 있노라면 아득해지면서 시간이 과거로 흘러가는 것 같다. 내가 아주 어렸을 때, 즉 내가 60년대의 골목길을 걷고 있는 것 같은 기분이 든다. 그 골목에는 키 높이의 담장이 있고, 담장 너머로 붉은 넝쿨 장미나 하얀 찔레꽃이 몇 송이 고개를 내밀고 있다. 그 집에는 어떤 사연을 지닌 젊은 여인이 살고 있을 것만 같다. 자태는 고우나

눈가에 짙은 그늘이 드리워진 여인이 한낮의 정적을 조심스레 흔들며 재봉틀을 돌리고 있을 것만 같다. 유월의 한낮은 항상 60년대 식이다.

유월의 한낮이 담장 너머로 고개를 내민 넝쿨장미의 계절이라면, 유월의 늦은 저녁은 밤꽃냄새의 계절이다. 해가 길어 아직 완전히 어둡지는 않은 시각에 마을 뒷동산을 산보하노라면 선선한 바람 속에 비릿한 밤꽃냄새가 가득하다. 또는 열어 놓은 창문으로 어둠과 함께 밤꽃냄새가 방안으로 흘러 들어온다. 비릿한 밤꽃냄새는 결코 아름답다고 말할 수 없는 꽃향기이다. 오히려 역겹다. 그러나 그 역겨움에도 불구하고 한 번 더 음미하게 되는 냄새이고, 또 사람을 맥풀리게 하는 그런 냄새이다. 그것은 은밀하게 감추어진 욕망이 발효하는 냄새 같기도 하다.

그리고 유월은 초록의 계절이다. 오월의 나뭇잎은 어린 소녀 같고 칠월과 팔월의 나뭇잎은 아주머니 같다면, 유월의 나뭇잎은 젊은 주부 같다. 완전히 성숙했으면서도 어딘가 아직 완성의 시간을 좀 남겨 두고 있는 그런 초록이다. 이 초록의 이미지는 또 보리밭의 푸른 이미지와 통한다. 유월은 보리가 익는 계절이다. 잘 익은 유월의 보리밭은, 충분히 성숙했으면서도 무엇인가 아직 욕망과 생명이 남았다는 느낌을 준다. 그것은 '내 욕망과 생명이 이제 다

했으니 추수를 해 주시오' 하고 기다리는 듯한 가을 들판의 느낌과 다르다.

유월은 시간이 멈춘 듯한 적막, 성숙한 생명과 은밀한 욕망 속에서 푸르름이 지쳐 조금씩 짙은 녹색이 되어 가는 계절이다.

〈낭만〉은 어디로 갔을까

〈낭만〉은 오래전부터 우리 동네에 있던 조그만 카페의 이름이다. 그 카페는 비교적 한적한 길의 한적한 구석에 〈낭만〉이라는 조그만 아크릴 간판을 내걸고 없는 듯이 있었다. 늘 그 길을 지나다니는 사람이라도 주의를 기울이지 않으면 그런 가게가 있었던가 잘 모르는 그런 집이다. 문을 열고 들어가면 보통 카페의 분위기와는 사뭇 다르다. 우선 아주 좁다. 여섯 명이 앉을 수 있는 테이블이 두 개, 두 명이 앉을 수 있는 테이블이 한 개 있을 뿐이다. 그리고 몇 점의 그림과 보잘것없는 콤포넌트 오디오가 전부이다. 그 오디오에서 흘러나오는 나직한 고전음악이 또 있다.

〈낭만〉도 있는 듯 없는 듯한 가게이지만, 그 가게를 홀로 꾸려나가는 주인 아주머니 또한 있는 듯 없는 듯한 분이다. 주인 아주머니는 손님들의 시중을 들 때보다 레코드판 자켓을 들여다보고 있을 때가 더 많다. 그림자처럼 가게를 지키고 있을 뿐 별로 장사를 하려는 욕심을 내지 않는다. 화장도 하지 않고 차림새도 시골 아주머니처럼 보인다. 그렇지만 전설적인 테너가수인 비욜링이나 질리의 노래를 좋아했고, 어렵게 몇 마디 대화를 해 보면 교양이 있는 분이다. 나이 든 동네 사람 몇 분이 단골이었는데, 보통은 몇 개 되지 않는 테이블이 비어 있을 때가 많다. 어쩌다가 내가 한 번씩 들르면 조용한 미소로 맞이해 줄 뿐이다.

때로는 혼자서 때로는 벗과 함께 나는 〈낭만〉에 들러 맥주를 한 잔 하곤 했다. 내가 데리고 간 벗들은 어떻게 아직도 이런 술집이 있냐고 했다. 나는 그곳에서 맥주도 먹고, 비제의 오페라 〈진주잡이〉에 나오는 아리아 〈귓전에 남은 그대 목소리〉를 자주 들었다. 주인 아주머니는 질리가 부른 그 노래를 틀어 주곤 했다. 나는 그 가게에서 커피와 맥주 이외의 것을 파는 것을 한 번도 보지 못했다. 맥주를 마셔도 보통 안주 없이 먹고, 안주를 시켜도 간단한 스 넥이나 김이 고작이다. 한번은 시인 최승호와 함께 가서 맥주를 마셨는데, 최승호 형은 그 집 김이 맛있다고 두고두고 말했다. 그렇게 장사를 해서 어떻게 가게를 꾸려 갈 수 있는지 알 수 없었지만, 주인 아주머니는 한결같이 〈낭만〉을 유지했다. 세상이 변하고, 우리 동네의 길거리 풍경도 크게 달라졌지만, 〈낭만〉은 조금도 달라지지 않았다. 십 년을 하루같이 〈낭만〉을 지켰다. 버스를 타고 지나가다가도 조그만 〈낭만〉 간판을 보면 나의 마음은 편안해졌다. 〈낭만〉은 카페라기보다는 동네 사랑방 같은 곳이었다.

그런데 작년 연말, 주인 아주머니가 나에게 근심 어린 얼굴로 말했다. 건물 주인이 집을 비우라고 해서 가게를 옮겨야겠는데 아직 옮길 곳을 찾지 못했다는 것이다. 자기 가게에는 단골손님 몇 분말고는 손님도 없으니 딴 곳에 가서 장사를 하기도 어렵다고 했다. 그래서 어차피 이 부근에서 가게를 얻어야 할 테니 다니시다가 눈에 〈낭만〉이라는 간판이 보이면 들러 달라고 했다. 그리고는 며칠 후 〈낭만〉은 없어지고, 그 자리에 유치한 분식집이 생겼다. 그 후 나는 〈낭만〉이 어디로 옮겼는가 이리저리 살피면서 다녔다. 그런데 지금까지 나는 우리 동네에서 〈낭만〉이라는 간판을 만나지 못하고 있다. 〈낭만〉은 이제 영영 없어진 것일까? 〈낭만〉은 도대체 어디로 가 버린 것일까? 퇴근 길에 맥주 한잔 생각이 나면 나는 괜히 동네 거리를 두리번거리지만 〈낭만〉도, 〈낭만〉 비슷한 집도 없어 아쉬움을 느끼곤 한다. 〈낭만〉이 없어지니 나의 낭만도 없어진 듯하고, 나의 낭만을 받아 줄 세상의 낭만도 없는 듯하다.

첫눈

화요일 오후, 하늘이 흐리고 바람이 많이 불더니 급기야는 희미하게 싸락눈이 흩날렸다. 눈이라고 하기에는 너무 온 듯 만 듯했다. 퇴근을 해서 뉴스를 보니, 오후에 잠시 내린 싸락눈 때문에 기상청 전화가 불통되었다고 한다. 많은 사람들이 한꺼번에 기상청에 전화를 걸어 오후에 내린 싸락눈이 올해의 첫눈인지를 확인하려 했기 때문이었다. 기상청에서는 그것이 첫눈이었음을 공식적으로 발표했다고도 한다.

첫눈이 내리는 날, 어디서 만나기로 약속한 사람들이 많았을 것이다. 젊었을 때에는 누구나 곧잘 그런 낭만적인 약속을 한다. 첫눈이 내리는 날 어디서 만나기로 약속했던 젊은이들을 혼란스럽게 만들 만큼 이번 첫눈은 애매하게 내린 것이다. 그래서 약속 장소에 나가기 전에 기상청에 전화를 걸어 물어본 사람들이 많았던 모양이다.

그러나 보다 첫눈답게 눈이 내린 것은 그 이틀 후이다. 목요일 네 시 무렵 난데없이 함박눈이 하늘에서 쏟아지기 시작했다. 나는 그 시간에 수업을 하고 있었다. 갑자기 수업 분위기가 이상해서 창밖을 보니 눈이 내리고 있었다. 그러려니 하고 수업을 계속하는데, 학생들의 태도가 영 이상했다. 많은 학생들이 호주머니와 가방을 뒤지는 등 어수선한 분위기가 되었다. 알고 보니 진동으로 해 두었던 휴대폰에 신호들이 들어오기 시작했던 것이다. 미처 진동으로 해 놓지 않은 학생들도 있어, 몇 번 벨 소리가 들리기도 했다. 평소 때 같으면, 휴대폰 때문에 수업을 방해받으면 아주 화를 냈겠지만, 그날은 화를 낼 수가 없는 분위기였다. 결국 남은 수업은 하는 둥 마는 둥 그렇게 되었다.

사람들은 왜 첫눈이 내리면 누군가를 그리워하고 또 누군가에게 연락을 하려 할까? 왜 첫눈은 사람들의 낭만을 부추길까? 눈, 특히 첫눈은 청춘의 낭만과 깊은 연관이 있다. 청춘은 막연한 그 무엇을 기다리고 그리워함으로써 시작된다. 막연한 대상에 대한 기다림과 그리움을 갖지 않게 되었을 때, 청춘은 끝나는 것이다. 그러므로 첫눈이 내려도 아무도 그리워하지 않거나 기다리지 않게 되었다면, 그는 이미 청춘이 아니라고 말할 수 있을 것이다.

첫눈은 설레임만 남기고 쉽게 사그러진다. 마치 청춘의 만남들이 그러하듯, 첫눈은 그 심정적 충격에 비해서 사실은 보잘것없다. 그리고 첫눈은 겨울의 시작을 알린다. 청춘의 기쁨이 곧 삶의 긴 고통으로 이어지는 것과 흡사하다. 또 첫눈은 순백의 감동을 준다. 그것은 마치 젊음의 순결처럼 순간적이지만 눈부시다. 우리가 기억하는 사랑 이야기는, 그래서 눈을 배경으로 한 것이 많다. 〈스노우 플로리〉라는 음악과 함께 〈러브 스토리〉를 오래 기억시켜 주는 것은 두 연인이 하얀 눈 속에서 즐거워하던 장면이다. 또한 〈라라의 테마〉라는 음악과 함께 〈닥터 지바고〉를 오래 기억시켜 주는 것도 시베리아의 눈 덮인 들판이다.

수업을 대강 마치고, 방에 돌아와 창가에 서서 눈 내리는 풍경을 보고 있노라니 내 마음도 잠시 감상적이 되었다. 도서관 앞 광장에는 서너 명의 학생이 서로 눈을 뭉쳐 던지며 장난치고 있다. 그러나 보다 많은 학생들은 벤치에서 혹은 나무 아래서 눈을 맞으며 전화를 하고 있다.

하늘은 눈송이들로도 붐비지만, 청춘의 대화들로도 붐비는 듯하다. 첫눈이 내리는 날 꼭 연락을 하고 싶은 친구가 있는 학생도 있겠지만, 또 마땅히 연락할 친구가 없어도 그냥 옛 친구를 기억해서 연락해 보는 학생도 있을 것이다. 철없어 보이기도 하지만 아름다운 청춘의 풍경이다. 아마도 첫눈은, 모든 사람들의 마음속에 그리움을 뻥튀기하는 모양이다.

우체부 이야기

우체부는 먼 곳의 소식을 가져다 주는 사람이다. 그리고 통신 기술이 발달된 요즘에도 여전히 존재하는 직업이긴 하지만, 어쩐지 옛날 이야기에나 나올 듯한 직업이다. 그래서 우체부라는 말은 시적이고 낭만적인 분위기를 환기한다. 우체부의 이런 분위기를 잘 살린 영화로 〈일 포스티노〉를 생각해 볼 수 있다. 네루다라는 유명한 시인과 한 시골 우체부와의 우정을 그린 영화라고는 하지만, 그 영화에서 네루다는 오히려 배경이고 주인공은 우체부이다. 우체부는 네루다로부터 자기가 알지 못했던 바깥 세계의 매혹적인 냄새를 맡는다. 그리고 자기가 알지 못했던 감정, 즉 마을 처녀에 대한 사랑의 감정을 갖게 된다. 이 두 가지는, 일상을 넘어선 미지의 매혹이라는 점에서 공통된다. 그것들은 자신도 모르게 자신을 변화시키는 낭만적 열정이기도 하다. 순박한 우체부는 이 낭만적 열정에 스스로 놀라고 그 새로운 감정의 체험을 표현해 보고자 한다. 그래서 우체부도 마침내는 감정과 꿈을 언어로 표현하는 법을 배워 시인이 된다. 이처럼 낭만의 순수한 모습이 아름다운 영상과 함께 펼쳐지는 것이 〈일 포스티노〉라는 영화이다.

우체부와 관련된 우스개 이야기가 있다. 외딴 섬의 등대지기가 월간 잡지를 구독하고 있었다. 그 잡지를 배달하기 위해서 우체부는 한 달에 한 번 똑딱선을 타고 외딴 섬엘 가야 했다. 그곳의 접안 시설이 보잘것없고 파도가 거칠어서 외딴 섬에 내리기가 이만저만 불편한 것이 아니었다. 그래서 어느 날 우체부는 등대지기에게 불평을 늘어 놓았다. 잡지 한 권 때문에 잘못하면 바다에 빠지겠으니, 잡지를 안 볼 수 없느냐고 물었다. 심통이 난 등대지기는, 당신이 그렇게 불평하면 오늘 당장 주간지도 한 권 정기구독하겠다고 말했다. 그 다음부터 우체부는 아무 소리 못했다.

또 우체부와 관련된 아름다운 이야기도 있다. 아주 깊은 산골 외딴 집에 어떤 시인이 살았다. 그 집에 편지를 전하려면 마을에서도 한 시간을 더 가야 했다. 그렇지만 그 시인에게는 편지가 자주 왔다. 우체부는 사흘이 멀다하고 그 먼 곳을 갔다오려니 힘도 들고 지루하고 짜증이 났다. 사람이 거의 다니지 않는 산기슭 오솔길을 한 시간이나 가자니 무엇보다도 심심했을 것이다. 이 사실을 눈치 챈 시인은 그 우체부가 올 때마다 꽃씨 몇 알을 주면서 돌아가는 길가에 뿌리라고 했다. 시인이 우체부에게 주는 꽃씨는 줄 때마다 그 종류가 달랐다. 어떤 꽃의 꽃씨인지도 모르고 우체부는 심심풀이로 길가에 뿌렸다. 그러자 몇 달 후, 시인의 집으로 가는 오솔길은 꽃길이 되었다. 우체부는 꽃길을 다니는 즐거움에 심심함과 힘듦을 잊어버렸다. 오히려 시인의 집에 편지 배달하는 것이 즐거운 일이 되었다.

우체부는 고달픈 직업이겠지만, 우체부가 아닌 사람들은 그 직업을 낭만적으로 생각한다. 아마도 편지라는 낭만적인 것을 배달해 주는 사람이기 때문일 것이다. 그러나 요즘은 사적인 이야기가 들어 있는 편지를 쓸 기회도 별로 없고 받을 기회도 별로 없다. 요즘 우체부들이 배달하는 것은 대개가 받기 싫은 청구서나 광고지나 흥미 없는 인쇄물들일 것이다. 그래서 우체부들도 예전보다 더 힘들지 모르고 또 우체부에 대한 낭만적인 생각도 많이 줄어들었다. 한 해가 저물어 간다. 일 년 중에서 우체부들이 가장 바쁜 때가 연말이다. 우리 모두 우체부 아저씨에게 주간지를 정기구독하겠다고 으름장을 놓는 등대지기가 되지 말고, 꽃씨를 주는 시인이 되었으면 좋겠다.

이규보의 거문고

고려시대의 뛰어난 문장가로 이규보라는 사람이 있다. 「동명왕편」이라는 민족 서사시를 지은 사람으로도 널리 알려진 이규보는 많은 명문을 남겼고 또한 관직 생활을 오랫동안하면서 현실 정치에도 많은 업적을 남겼다. 그는 현실주의자였지만 남달리 풍류를 좋아하고 소중하게 여겨 스스로 호를 백운(白雲 : 흰구름)이라고 하기도 하였다.

풍류를 좋아한 이규보는 거문고를 한 대 가지고 있었다. 그런데 그 거문고는 줄이 없었다. 이규보는 줄이 없는 거문고를 어루만지며 즐겼는데, 어느날 손님이 와서 보고는 줄을 매어 주었다. 원래 줄 없는 거문고로 유명한 사람은 중국의 도연명이란 시인이다. 그는 줄 없는 거문고로 마음의 음악을 자유자재로 즐길 줄 아는 경지에 있었던 것이다. 그러나 이규보는 손님이 줄을 매어 준 것을 사양치 않았다. 이에 대하여 이규보는 "나는 가느다란 명주실에서 소리 듣기를 구하니, 도연명에 미치지 못함이 멀도다. 그러나 나는 스스로 즐거워한다. 어찌 반드시 고인을 본받으리오. 술 한 잔 먹고 한 곡조 타는 재미로 나날을 보내니, 이 역시 한 세상 한 가지 낙이었다"고 자신의 심경을 밝혔다. 자신의 음악에 대한 경지가 줄 없는 거문고를 즐기는 도연명에 미치지 못함을 겸손하게 인정하고, 줄이 있는 거문고로 음악을 즐겼음을 말하는 이규보의 태도는 보다 친근한 느낌을 준다.

옛부터 음악은 예절의 기본이라 하여 소중히 여겨졌다. 나라를 다스리는 데 있어서 음악은 중요한 역할을 했다. 그 뜻과 소리가 맑고 깨끗한 음악이 유행하면 나라가 흥하고, 어지럽고 음탕한 음악이 유행하면 나라가 망한다고 생각했다. 그리고 군자나 선비들은 항상 음악을 가까이 해서 마음과 뜻을 맑게 다스려야 한다고 생각했다. 그러니까 음악은 맑게 정제된 마음의 표현이었던 셈이다. 줄 없는 거문고를 즐긴 도연명은 이미 마음이 언제나 순전한 경지에 있었으므로 굳이 음악 소리를 듣지 않아도 음악의 경지에 있었던 사람이라고 할 수 있고, 이규보 역시 그에 가까운 맑은 마음의 소유자라고 할 수 있겠다.

나 역시, 군자가 되지는 못하지만, 음악을 사랑하고 동경하여 자주 듣고 마음을 다스리는 편이다. 동양 고전음악의 깊이는 아직 헤아리지도 친해지지도 못했고, 다만 서양 고전음악의 한쪽 귀퉁이를 나름대로 즐기고 있다. 서양 고전음악을 자주 듣다 보니, 자연히 오디오에도 관심을 갖게 되었다. 나에게는 오디오가 거문고인 셈이다. 그런데 나의 마음은 거문고의 줄에 집착하는 수준에 머문다. 친구 집에 가서 좋은 오디오에서 나오는 음악 소리를 듣고 집에 오면, 우리 집의 오디오가 싫어지곤 한다. 그래서 좀더 비싸고 좋은 것으로 몇 번 바꾸기도 했다. 소리에 대한 욕심은 끝이 없어서 수시로 더 좋은 오디오에 대한 욕심에 시달린다. 며칠 전에도 친구가 스피커를 바꾸었는데 와서 한 번 청취해 달라고 초청했다. 가서 들어 보니 소리가 아주 훌륭했다. 나도 그런 스피커가 갖고 싶었다. 그럴 때마다 도연명의 거문고를 생각한다. 도연명이나 이규보는 소리 없는 음악으로도 만족했는데, 나는 조그만 소리의 차이 때문에 괴로워하고 있는 것이다. 이는 아직도 음악을 잘 모르고 음악을 진정으로 사랑하지 않기 때문일 것이다. 진정한 음악은 소리를 넘어서는 곳에 있음을 생각으로는 알겠다. 그러나 아직 나의 마음이나 귀는 그 수준에 이르지 못했음을 어찌하랴. 이규보가 거문고의 줄을 마다하지 않은 것처럼, 나도 오디오 욕심을 억지로 마다하지는 않는다. 음악을 아예 모르는 사람보다는 그래도 거문고 줄에 대한 욕심을 가진 사람이 좀더 음악에 가깝지 않겠는가 하는 것이 나의 변명이다.

벚꽃나무 아래서

봄이 오고, 꽃들이 여기저기서 폭죽처럼 터진다. 꽃치고 아름답지 않은 것이 있겠는가마는 그중에서도 가장 황홀하기는 벚꽃이 아닌가 한다. 우리 동네에도 오래된 벚나무가 몇 그루 있어 철이 되면 눈부시게 피지만, 아직은 꽃망울이 터지지 않았다. 그런데 텔레비전을 보니, 진해 군항제와 제주 왕벚꽃 축제와 여의도 벚꽃 축제 소식이 연이어 나온다. 벚꽃은 텔레비전 화면 안에서도 눈부시다. 비단 그곳만이 아니라, 영암 도갑사 가는 길에도 또 군산 가는 길에도 벚꽃 터널이 생겼을 것이다.

벚꽃의 황홀함 속에는 사람을 홀리는 그 무엇이 있다. 지극한 아름다움이 사람의 혼을 뺏는다면, 벚꽃 역시 그러할 수밖에 없다. 일본인 작가 시카구치 안고가 쓴 『활짝 핀 벚꽃나무 아래서』

라는 소설을 보면, 사람의 혼을 빼앗는 벚꽃나무가 나온다. 인적이 드문 고갯마루에 오래된 벚꽃나무가 있는데 꽃이 말할 수 없이 아름답다. 활짝 핀 벚꽃나무 아래를 지나가는 사람은 모두 미쳐 죽고 만다. 그래서 사람들은 벚꽃이 피는 봄날이면 벚꽃이 무서워서 그 고개를 잘 넘지 못한다. 그 산속에는 도적이 사는데, 그 도적이 사람들의 재물을 빼앗고 목숨을 앗아 간다면, 그곳의 벚꽃은 사람들의 혼을 빼앗고 목숨을 앗아 간다. 『활짝 핀 벚꽃나무 아래서』라는 소설은, 아름다움과 관능과 죽음이 기묘하게 결합된 분위기를 보여 준다.

우리 소설 가운데서, 가장 인상적인 벚꽃나무는 이병주의 소설 『천망』에 나오는 것이라 생각된다. 어느 집 마당에 벚꽃나무가 한 그루 있는데, 언제부턴가 그 꽃이 말할 수 없이 화사하게 핀다. 그 벚꽃은 쳐다보는 사람들의 넋을 빼앗을 만큼 아름답다. 사람들은 그 나무를 귀신 붙은 나무라 생각하고, 그 벚꽃 때문에 그 집이 망해 간다고 쑥덕거린다. 마침내 집주인은 그 벚꽃나무를 파낸다. 그런데 벚꽃나무 아래서 시체가 나온다. 그 시체는 십 년 전에 행방불명된 사람이다. 그래서 십 년 전에 그 집에서 일어났던 살인 사건이 밝혀지게 된다. 벚꽃은 죽은 사람의 혼 때문에 그렇게 기괴스러울 정도로 황홀하게 피었던 것이다.

유홍종의 소설 『죽은 황녀를 위한 파반느』라는 작품 속에는, 벚꽃나무와는 다르지만, 미친 벚나무라는 것이 나온다. 미친 벚나무의 열매는 버찌와 비슷하게 생겼다. 매혹적인 광택을 지닌 이 열매는 독성이 아주 강하다. 그래서 마취제나 독약으로 쓰인다. 이 나무의 학명은 '아트로파 벨라돈나(atropa belladonna)'이다. 아트로파라는 말은, 수명을 끊는 죽음의 여신 아트로포스에서 나왔고, 벨라돈나라는 말은 이태리어로 아름다운 여인이란 뜻이다. 이 열매의 추출액을 눈에 넣으면 동공이 확대되기 때문에 옛날 상류층 여인들이 검고 큰 눈을 가지기 위해 사용하기도 했다.

이처럼 벚꽃의 아름다움은 너무나 황홀하기 때문에, 관능과 죽음의 이미지로 연결된다. 극단적인 아름다움 속에는 항상 관능과 죽음의 이미지가 있기 마련이며, 벚꽃이 그 사실을 잘 보여준다. 또 벚꽃의 아름다움 속에는 깊은 적막감이 들어 있기도 하다. 가령 배용균 감독의 영화 〈달마가 동쪽으로 간 까닭은〉을 보면, 활짝 핀 벚꽃나무 그늘 아래서 한 스님이 나무 의자에 앉아 명상에 잠겨 있는 장면이 나온다. 벚꽃의 적막감을 잘 표현한 아름다운 장면인데, 이때 적막감이란 순간적인 죽음과 같은 것인지도 모른다.

귀신처럼 화사하게 핀 벚꽃을 바라보고 있노라면 마치 미친 벚나무의 열매라도 먹은 듯 황홀하고 아득하다. 활짝 핀 벚꽃은 사람들로 하여금 넋을 잃고 어떤 알 수 없는 매혹의 적막감에 빠지게 만든다. 이때 사람들은 순간적인 죽음의 황홀을 맛보는지도 모른다. 너무나 아름다운 벚꽃은 무섭다. 그것은 벨라돈나의 관능처럼 사람을 홀리고, 아트로포스처럼 사람을 죽음으로 이끈다. 그렇지만 나는 활짝 핀 벚꽃나무 아래서 그 아름다움에 넋을 잃고 싶다. 그리고 그 적막감 속에서 작은 죽음의 황홀을 맛보고 싶다.

마법에 걸려 있는 책

과학기술은 인간 육체의 확장이라고 말한다. 자동차는 다리의 확장이고, 망원경은 눈의 확장이고, 전화는 귀의 확장이고, 포크레인은 팔과 손의 확장이다. 그렇다면 책이란 무엇인가? 아르헨티나의 소설가 보르헤스는 책을 기억과 상상력의 확장이라고 말한다. 책에는 인류의 기억들이 저장되어 있다. 책을 읽는다는 것은 그 기억을 들추어내는 일이다. 다른 시대, 다른 나라, 다른 사람들이 체험하고 보고 듣고 생각했던 것들을 나의 기억으로 만드는 일이다.

책을 무시하고 싫어하는 사람들이 있다. 역사상 가장 책을 무시하고 싫어했던 사람으로 진시황을 꼽을 수 있지 않을까 한다. 진시황은 세상의 책을 모아 모조리 불살랐다. 진시황이 왜 책을 그토록 싫어했을까? 책은 곧 기억이므로 책을 싫어한다는 것은 기억을 싫어한다는 것을 뜻한다. 진시황은 최초로 중국을 통일한 인물이다. 그는 통일제국에 걸맞은 여러 가지 사업을 펼쳤다. 길을 새로 닦고, 제도를 새로 만들고, 도량형을 통일시키고, 문물을 정비했다. 다시 말해 그는 세상을 새로 창조한 신과 같았다. 신은 인간의 기억을 필요로 하지 않는다. 성현들의 책을 읽은 신하들이, 또는 유학자들이 자꾸만 성현들의 말씀을 기억해 내어 진시황의 새 세상 창조에 제동을 걸고 비판했다. 진시황은 인간의 기억이 신의 창조를 방해한다고 생각했을 것이다. 중국 서안에 있는 병마총 유적은 진시황이 스스로 신이라고 생각했음을 간접적으로 증명한다. 신은 죽지 않는다. 그런데 진시황은 자신이 죽을 것임을 당연히 알고 있었다. 이 모순을 해결하기 위해 진시황은 우리 나라까지 불로초를 찾으러 신하를 보냈고, 또 지상과 똑같은 세계를 지하에 건설했다. 그리고 지하세계에 대한 후세 사람들의 기억을 없애기 위하여 그것의 건설에 참여했던 기술자들을 죽였다.

책을 사는 일은 다른 사람의 기억을 사는 일이다. 도서관은 기억의 창고이다. 그런데 미국의 시인이요 작가인 에머슨이란 사람은 도서관의 책들이 마법에 걸려 있다고 했다. 마법에 걸려 잠만 자는 숲 속의 미녀처럼 도서관의 책들도 마법에 걸려 잠을 자고 있다. 마법에 걸려 잠자고 있는 책들은 스스로 깨어나서 의미가 되지는 못한다. 잠자는 숲 속의 미녀는 왕자의 키스로 생명을 회복한다. 마찬가지로 도서관의 책들도 누군가 그 책의 책장을 열어 줌으로써 마법의 잠에서 깨어나 생명을 회복한다. 독자가 그 의미를 깨워 주기 전에는 어떤 책도 아직 책이 아니다. 그것은 하얀 사각종이에 검은 선과 점들이 그려진 것에 불과하다.

내가 대학원에 다닐 때 영인본 책장사가 있었다. 그 책장사는 자료가 될 만한 귀한 책이나 잡지들을 영인해서 대학원생들에게 할부로 판매하였다. 주변의 친구들은 그 책장사로부터 자주 책을 샀다. 그래서 늘 할부금이 밀려 있었다. 학문을 하려고 대학원에 갔으니 당장 읽지는 않더라도 많은 책들을 사 두는 것은 당연한 태도다. 그런데 나는 당장 꼭 필요한 책이 아니면 잘 사지 않았다. 영인본 책장사가 말하기를 할부금 장부에 이름이 올라 있지 않은 사람은 나뿐이라고 했다. 나는 마법에 걸려 잠자고 있는 책들을 내 방에 쌓아 두고 싶지 않았던 것이다. 나는 단 한 권이라도 그 의미가 살아 있는 책을 갖고자 했던 것이다.

중국 당나라의 시인 두보는 "부귀는 반드시 고생스런 근면함으로부터 얻어야 하고, 남아는 모름지기 다섯 수레의 책을 읽어야 한다(富貴必從勤苦得 男兒須讀五車書)"고 했다. 다섯 수레의 책이 얼마나 되는지 잘 모르겠지만 아마도 많은 책을 뜻할 것이다. 따라서 뜻이 있는 지식인이 되려면 매우 많은 책을 읽어야 한다는 말이다. 한편 그리스의 철학자 세네카는 다른 말을 했다. 그는 "백 권의 장서를 가진 사람을 이해할 수 없다. 그 많은 책을 언제 다 읽는단 말인가"라고 했다. 두보가 말한 다섯 수레의 책과 세네카가 말한 백 권의 책 중에서 어느 것이 많은지 비교하기 어렵다. 어쨌든 둘 다 꽤 많은 책을 뜻한다고 보면 된다. 그렇다면 두보와 세네카는 서로 상반된 말을 했는가?

책의 의미는 고정되어 있지 않다. 책의 의미는 책 읽는 사람에 의해서 수시로 변한다. 같은 책을 읽더라도 어제와 오늘 읽은 의미는 다르다. 책 읽는 사람 자체가 어제와는 다른 사람이기 때문이다. 내가 대학교 때 읽은 책을 지금 다시 읽는다고 해서 똑같이 두 번 읽는 것은 아니다. 읽을 때마다 그 의미가 달라지므로 같은 책을 두 번 읽어도 두 권의 책을 읽은 것과 같다. 나는 대학교 때 읽었던 헤르만 헷세의 『유리알 유희』를 작년에 다시 읽었는데 내게 있어 이 작품의 의미는 사뭇 달랐다. 대학교 때는 생각하지 못했던 여러 가지 새로운 의미를 찾을 수 있었다. 그러니까 나는 『유리알 유희』라는 소설을 두 번 읽었다기보다는, 같은 제목의 다른 소설 두 권을 읽었다고 할 수 있다.

이렇게 본다면 책의 권 수는 독서량과 별로 상관이 없다. 평생 동안 성경만 수천 번 읽은 사람은 한 권의 책을 읽은 것이 아니라 수천 권의 책을 읽은 것이다. 앞서 언급한 두보나 세네카의 말은 모두 책을 많이 읽으라는 뜻이지 권 수를 문제삼는 것은 아니다. 책을 많이 소장하고 있는 사람과 책을 많이 읽은 사람은 다르다. 많은 기억을 갖고 있더라도 그것을 되살리지 않으면 소용없는 것이다.

사람은 어떤 면에서 기억의 힘으로 살아간다고 할 수 있다. 어제 했던 일을 전혀 기억하지 못한다면 오늘 모든 것을 새로 배워야 한다. 책은 무한한 기억의 창고다. 그러나 그 기억은 창고 속에서 잠들어 있다. 우리는 책을 읽음으로써 그 기억을 되살릴 수 있다. 만약 다른 사람의 기억 속으로 들어갈 수 있다면 우리는 그 사람에 대해 잘 안다고 할 수 있다. 세상도 마찬가지다. 다른 시대, 다른 나라, 다른 사람들의 기억을 채집하러 책 속으로 들어가 책의 잠을 깨우자.

음악 감상에 필요한 것

　음악 마니아들이 만족스런 음악 감상을 위하여 가장 신경을 쓰는 것은 오디오 시스템이다. 실제로 오디오 시스템은 음악 감상에 결정적인 역할을 한다. 스피커를 바꾸면 소리가 달라지고, 앰프를 바꾸면 또 소리가 달라지고, 프리 앰프를 바꾸면 또 소리가 달라진다. 심지어는 케이블을 바꾸어도 소리는 현저히 달라진다. 그래서 마니아들은 언제나 자신의 오디오 시스템을 바꾸어 소리의 질을 높이려고 적극적으로 투자한다. 처음에는 백만원을 더 투자하여 소리를 500퍼센트 개선시키지만, 나중에는 소리를 1퍼센트 개선시키기 위하여 천만원의 투자를 아끼지 않기도 한다. 그렇지만 오디오 시스템의 개선이 음악 감상의 만족도를 높이는 유일한 수단은 아니다. 나의 경험에 의하면, 음악 감상의 만족도는 보다 복합적인 요건들의 조화를 필요로 한다.

음악의 만족도를 높이기 위하여 오디오에 많은 투자를 하는 사람들을 보면서, 한 가지 의아하게 생각하는 점이 있다. 그것은, 오디오 시스템에는 많은 투자를 하면서 음악을 듣는 공간에는 투자를 잘 하지 않는다는 점이다. 물론 마니아들은 바닥에 카펫을 깔기도 하고, 또 모서리에 쿠션 같은 것을 대서 음의 반사를 막기도 하고 또 두꺼운 커튼으로 벽을 가리기도 한다. 그렇지만 근본적으로 아파트의 거실이나 방과 같이 좁고 음의 반사가 많은 공간을 어찌하지는 못한다. 좋은 오디오 시스템을 갖춘 여러 집에 가 보았지만, 그 오디오의 성능을 제대로 발휘할 수 있는 공간을 갖춘 집은 잘 보지 못했다. 오디오에 대한 투자를 좀 줄이고 그것을 모아 공간에 투자를 한다면 더 좋은 음악을 즐길 수 있을 것이라는 생각을 자주 한다. 좁은 아파트의 거실에 수천만원짜리 오디오를 들여놓고 그 오디오의 성능을 10퍼센트도 즐기지 못하는 사람들을 보면, 이해가 가면서도 안타까운 마음이 드는 것은 어쩔 수가 없다.

그런데 좋은 오디오 시스템과 훌륭한 공간을 갖추었다고 해서 항상 최선의 음악 감상이 이루어지는 것도 아니다. 인간의 영혼과 음악이 만나는 통로는 미묘한 것이어서 거기에는 많은 변수들이 작용한다. 우선 생각해 볼 수 있는 것이 날씨이다. 나의 체험에 의하면, 대체로 비가 오고 습기가 많은 날은 음악이 보다 생기 있고 섬세하게 들린다. 공기 중의 습기가 음의 쓸데없는 반사를 막기 때문이겠지만, 그것이 전부는 아니라고 생각한다. 비가 오면 우리의 마음도 가라앉는다. 그러므로 우리의 마음에 음악이 스며들 여지가 많다고 볼 수도 있다. 눈이 오는 날은 눈이 오는 대로, 맑은 날은 맑은 대로 소리의 성격이 달라진다. 그 성격에 맞추어 곡을 고르고 소리를 고른다면 음악 감상은 훨씬 풍요롭고 만족스러울 수 있을 것 같다. 음악이 마음 깊숙이 잘 스며들 때가 있는가 하면 그렇지 않은 때도 있다. 어떨 때는 정경화의 바이올린 소리가 신경질적으로 들리고 또 어떨 때는 그것이 영혼의 조율사처럼 안락할 때가 있다. 날씨는 음악을 제멋대로 다스린다.

　음악을 감상하는 데 있어서 날씨보다 더 크게 작용하는 것이 음악 듣는 사람의 마음이다. 사람의 입맛이 수시로 변하여, 어떨 때는 김치찌개가 먹고 싶고 또 어떨 때는 생선회가 먹고 싶고 또 어떨 때는 시원한 냉면을 먹고 싶듯이, 사람의 귀가 원하는 바도 마찬가지다. 베토벤의 교향곡을 듣고 싶을 때도 있고, 슈만의 가곡을 듣고 싶을 때도 있고, 바흐의 평균율을 듣고 싶을 때도 있다. 그때의 마음의 결에 맞는 음악을 들을 수 있다면, 그 음악이 조그만 트랜지스터 라디오에서 나오는 것이라 하더라도 우리의 마음은 음악에 사로잡힐 수 있다. 마음이 턱없이 혼란스러워 어떤 정돈 상태를 지향할 때, 베토벤의 바이올린 협주곡을 들을 수만 있다면 오디오 시스템의 수준은 그 다음 문제일 것이다. 또는 아득한 그리움에 사로잡혀 있을 때, 비제의 오페라 〈진주조개잡이〉에 나오는 아리아 〈귓전에 남은 그대 음성〉을 한 곡 들을 수 있다면 만족하지 않겠는가. 자신의 마음이 원하는 음악을 잘 아는 것이 만족스런 음악 감상에 중요한 조건이 됨은 말할 필요도 없다. 자기 마음과 음악의 선율이 이루는 대위법을 잘 이해하는 사람은 음악 마니아 중에서도 행복한 사람이라고 하겠다.

한편, 좋은 음악을 찾는 사람들은 흔히 명반이라는 것에 크게 의존한다. 훌륭한 귀를 가진 사람들이 이구동성으로 좋다고 한 연주이므로 물론 좋을 것이다. 그러나 명반이 꼭 모든 사람의 귀를 행복하게 만들어 주는 것은 아니라고 생각한다. 나는 디트리히 피셔 디스카우가 노래한 〈겨울나그네〉보다 크리스타 루드비히가 노래한 〈겨울나그네〉를 들을 때 더 감동한다. 또 칼뵘이나 카라얀이 지휘한 〈운명교향곡〉보다 에릭 크라이버가 지휘한 것을 더 좋아한다. 그의 아들 카를로스 크라이버가 지휘한 〈운명교향곡〉이 더 유명하지만, 내가 듣기에는 내적인 힘과 당당함과 깊이에 있어서

에릭 크라이버의 지휘에 크게 못 미친다. 소문난 명반이라는 것도 하나의 참조 사항일 뿐이지, 만족스런 음악 감상을 위한 절대적 기준은 못 된다. 특히 CD복각판으로 들을 때는, 녹음 상태에 따라 천차만별이 나고, 또 오디오의 성격에 따라서도 달라지기 때문에 명연주라 해서 항상 만족스런 것은 아니다. 〈카스타 디바〉를 누가 가장 잘 불렀는가를 따져 볼 수는 있지만, 녹음 시기와 레이블과 오디오의 성격과 듣는 사람의 기분에 따라 최선의 가수는 언제든지 달라질 수 있을 것이다.

그렇지만 만족스런 음악 감상을 하는데 있어서 절대 변할 수 없는 점이 하나 있다고 생각한다. 그것은 곡의 훌륭함이다. 어떤 오디오, 어떤 날씨, 어떤 마음 상태, 어떤 연주라 하더라도 결국은 곡의 한계를 넘지는 못한다. 그런 요건들이 아무리 완벽하다고 하더라도 싸구려 대중음악이 바흐의 〈마태수난곡〉이 줄 수 있는 음악적 감동을 선사하지는 못한다. 우리는 때때로 대중음악의 멜랑콜리에 잠시 매혹되기도 한다. 그러나 그 매혹은 일시적이다. 결국은 바흐나 모차르트 또는 베토벤의 황홀한 음악 세계에 의존하게 된다. 음악 자체의 탁월함이 아니라면 어떤 오디오나 어떤 연주가 음악의 숭고함을 증명할 수 있겠는가.

2

© 남궁산

삼덕이의 죽음

우리 집에서 조그만 개울 건너 맞은편에 연립주택이 있다. 그 단지 입구에 커다란 플라타너스 나무가 한 그루 있다. 우리 집 거실에 앉아서 밖을 내다보면, 그 플라타너스 나무가 잘 보인다. 그 나무의 키는 어림잡아 20미터가 넘으며, 아주 의젓하고 잘 생겼다. 그 나무는 우리 동네의 배꼽에 뿌리를 박고 중심을 잡아 주는 기둥처럼 든든하다. 잎을 다 떨군 겨울에도 그 나무는 당당하게 차가운 겨울 하늘을 떠받치고 있지만, 요즘처럼 푸르름이 무성한 초여름에는 그 풍요로움이 비길 데 없다. 바람에 부드럽게 흔들리는 플라타너스 나뭇잎들을 바라보노라면 나는 아름다움의 끝을 느낀다. 언제부턴가 그 나무는 내가 가장 사랑하는 것 중의 하나가 되었으며, 또한 나와 내밀한 대화를 나누는 존재가 되었다.

어느 날 나는 그 나무에 이름을 지어 주어야겠다고 생각하고, 무슨 이름이 어울릴까 궁리했다. 이양하 선생이 쓴 『나무』라는 수필에 보면 '나무는 덕이 있다'는 구절이 있다. 나는 저 나무야말로 이 세상에서 가장 좋은 덕을 가졌을 것이라고 생각했다. 하나가 아니고 세 개쯤 가졌으리라고 생각했다. 그래서 세 가지 훌륭한 덕을 지닌 나무라 해서 '삼덕(三德)'이라고 지었다. 그런데 그 나무가 지닌 세 가지 덕이 무엇인지 나는 아직 알지 못한다. 매일 나무를 바라보며 세상에서 제일 가치 있는 세 가지 덕이 무엇인지 배우겠다고 생각하니, 삼덕이라는 이름이 아주 마음에 들었다. 그래서 그 나무는 나에게 삼덕이가 되었다. 나는 거의 매일 삼덕이를 바라보며, 그로부터 배우고 또 내가 지향해야 할 소중한 덕목이 무엇일까를 생각했다. 어떤 때는 아름다움이기도 하고, 어떤 때는 풍요로움이기도 하고, 또 어떤 때는 포용력이기도 하고, 또 어떤 때는 묵묵히 자기 자리를 지키는 오랜 침묵이기도 했다. 그렇지만 아직 세상에서 제일 소중한 세 가지 덕목이 무엇인지 알지는 못한다.

그런데 며칠 전, 사람들이 전기톱으로 그 삼덕이를 베어 버렸다. 세상에는 이해할 수 없는 일들이 많다는 것을 잘 알지만, 삼덕이의 죽음은 받아들이기 힘들었다. 봄이면 꽃가루가 너무 날리고 가을이면 낙엽이 너무 떨어지며 또 그 옆을 지나는 전깃줄을 훼손한다는 것이 삼덕이를 죽인 이유였다. 나는 전기톱과 전깃줄이 미워졌고, 꽃가루와 낙엽을 싫어하는 사람들이 미워졌다. 삼덕이가 지닌 아름다움과 덕을 모르는 사람들과 이 세상에 함께 산다는 것이 서글퍼졌다. 그리고 그 풍요로운 생명을 함부로 죽일 수 있는 사람들이 무서워졌다. 삼덕이의 죽음은 내 마음과 우리 집 창밖의 풍경을 한없이 허전하게 했다. 삼덕이가 없어진 그 빈자리를 바라보노라면, 내 마음 속에는 세 가지 소중한 덕목 대신에 열 가지 백 가지 사악한 미움과 슬픔이 자라난다.

그날 밤, 나는 삼덕이가 있던 자리를 향해 두 번 절을 하고 애도를 표했다. 삼덕이는 세상의 그 어떤 비바람도 늘 묵묵히 포용하고 그때마다 그것을 아름다운 흔들림으로 초월하였으니, 아마도 자신의 죽음마저도 의젓하게 받아들였을 것이다. 나처럼 미움과 슬픔의 감정에 빠지지 않았을 것이다. 그러나 나로서는, 삼덕이를 내 마음 속에 온전히 옮겨 심고 세 가지 덕목을 깨닫기 이전에는 미움과 슬픔의 감정을 버릴 수 없을 듯하다.

나는 아직 '삼덕이는 죽었어도 내 마음 속에 영원히 살아 있으리라'고 말할 수가 없다. 삼덕이가 바라는 바는 아니겠지만, 당분간 나는 삼덕이를 죽인 자들을 용서할 수 없다. 그러나 '그들에게

화 있을진저!' 라고 말하고 싶은 나를, 저승의 삼덕이가 자꾸만 꾸짖는 듯하다. 오늘밤에도 삼덕이 있던 자리에 두 번 절하고, 내 가파른 마음을 다스려야겠다.

금빛 잃은 금샘

전남 해남의 땅끝마을 가까이 바다를 내려다보고 있는 아름다운 산과 절이 있다. 산 이름은 달마산이고 절 이름은 미황사이다. 달마산은 그리 높지 않으나 산 정상부근이 험준한 바위들로 되어 있어 마치 바위병풍을 두른 듯하여 위엄이 있다. 달마산 정상에서 바라보는, 섬들이 조용히 떠 있는 바다의 풍광은 푸른 하늘과 푸른 산의 도움을 받아 이 세상이 아닌 듯 아름답다.

이 아름다운 풍광에 귀한 양념처럼 맛을 더하는 것이 또 하나 있는데, 그것이 바로 금샘이라는 것이다. 금샘은 달마산 꼭대기의 바위 아래에 있는 조그만 샘이다. 하늘을 찌르는 거대한 바위 아래쪽에 지름이 30센티미터 정도 되는 둥근 구멍이 있고, 그 구멍 속에 조그만 웅덩이가 있다. 구멍 안쪽의 어느 부분에서 물이 몇

방울씩 떨어지는데, 그 물이 고였다가 바위 틈새로 조금씩 넘치기도 한다. 거대한 바위 봉우리의 정기가 이 조그만 샘물로 고인 것처럼 생각되는 신비로운 샘이다. 그런데 더욱 신비를 더해 주는 것은, 이 샘물의 표면이 금가루를 뿌린 듯 황금색을 띤다는 사실이다. 그래서 이 샘을 금샘이라고 부른다. 물을 휘저으면 그 금색이 없어지므로 금가루가 아님은 확실하지만, 왜 금빛 표면인가는 잘 알 수 없다. 그리고 그 금빛은 보일 때도 있고, 보이지 않을 때도 있다고 한다. 소문에 의하면 이 물을 마시고 병을 치료한 사람도 있다고 한다.

얼마 전 내가 금샘에 가 보았을 때는, 금샘은 금빛을 띠고 있지 않았다. 같이 간 사람의 말로는, 최근에는 금샘이 금빛을 띠는 경우를 잘 보지 못했다고 한다. 금샘은 달마산 바위 봉우리 아래에 있기 때문에 오르기도 힘들다. 또 도저히 샘이 있을 것 같지 않은 곳에 있기 때문에 가까이 가도 찾기도 힘들다. 그럼에도 불구하고 신비하고 몸에 좋다고 하니까 사람들이 수시로 다녀간다고 한다. 최근 이 금샘이 금빛을 잃은 까닭은 사람들이 너무 많이 찾아와서 부정이 탔기 때문이라고 말하는 사람도 있다.

금샘이 금빛을 띠었던 것은 사실인 듯하다. 나는 금샘이 왜 금빛인지, 그리고 그것이 이제 와서는 왜 보이지 않는지 알지 못한다. 그러나 나는 금샘의 금빛이 사라진 것을 당연하게 생각한다. 자연의 아름답고 신비한 모습은, 사람들이 자꾸 가까이 가면 사라지는 것이 이치이기 때문이다. 야생 사슴이 뛰어 노는 곳에 사람들이 몰려가면 그 야생 사슴이 그 자리에서 살겠는가 아니면 멀리 숨겠는가를 생각해 보면 그 이치를 쉽게 알 수 있다. 사람과 차가 수시로 다니는 동네 뒷산에 산삼이 있을 수 없는 것과 같은 이치이며, 관광지 바닷가에 조개와 물고기가 거의 없는 것과 같은 이치일 것이다.

우리말에 '손을 타면 닳고 때가 묻는다' 라는 말이 있다. 사람들과의 접촉이 많으면, 사람이든 물건이든 닳고 때가 낀다는 지혜로운 말이다. 자연의 신비나 정기도 마찬가지일 것이다. 사람들과의 접촉이 많아지면 신비나 정기나 아름다움이 훼손될 수밖에 없다. 이런 점에서 방송과 잡지 등에서 신비하고 아름답고 청정한 곳들을 소개하는 일이 결과적으로 그곳을 망치는 일이 되는 경우가 많다. 금샘도 이제 많은 사람들에게 알려졌으니 그 금빛을 되찾기는 어려울 것 같다. 미황사에 계신 스님은 '금샘을 시멘트로 발라 없애 버려야겠다' 고 농담을 한다. 이유는 무당들이 와서 밤샘 기도도 하고 또 어중이떠중이 너무 많이 오니까 달마산이 훼손된다는 것이다.

금샘은 아무리 신비해도 조그만 샘일 뿐이다. 금샘을 없애더라도 달마산을 보호해야 한다는 생각은 옳은 듯하다. 달마산이 없이 어찌 금샘이 있겠는가! 편리한 교통과 발달한 레저문화 덕분으로 전국의 구석구석을 많은 사람들이 뒤지고 다니는 세상이 되었지만, 이것이 꼭 좋은 세상인가라는 의문도 든다. 좀 적게 쏘다니고, 그 여력으로 자기가 사는 마을을 좀더 아름답게 만드는 일도 세상을 좋게 만드는 길이 아닐까 한다.

동강 가 보셨습니까?

동강댐 건설 문제로 동강이 유명해졌다. 강원도 산골을 누비며 몇천 년을 조용히 흐르던 동강이 최근 매스컴의 주인공이 되어 그 이름을 모르는 사람이 없을 정도가 되었다. 남한 지역에서 마지막 남은 순수 자연이며, 비경이며, 생태학적 가치가 높은 곳에 댐을 건설해서는 안 된다고 많은 단체와 시민들이 동강보호운동을 벌였다. 지질학적 관점에서도 동강댐의 건설은 위험하다는 것이 그들의 주장이었다.

동강에 대한 관심이 높아짐에 따라, 많은 사람들이 동강을 찾아갔다. 매스컴 관계자들은 동강의 아름다움을 취재하러 가고, 환경운동에 관심이 있는 사람들은 동강의 자연환경을 확인하러 가고, 사진작가나 화가들은 동강의 아름다움을 구하러 가고, 또 전문가

나 학자들은 동강의 생태계를 조사하러 갔다. 뿐만 아니다. 동강의 아름다운 자연환경을 즐기러 가는 사람들도 늘어나고, 댐 건설 논쟁이 한창일 때는 사라지기 전에 한 번 그 비경을 봐 두려고 가는 사람들도 많았었다. 요즘도 여행사에서는 사람들을 모집하여 단체로 동강 구경을 가기도 한다. 문인들 사이에서도 동강에 대한 관심이 높아져 많은 문인들이 동강의 때묻지 않은 자연을 구경하고 온 것으로 알고 있다. 주말에는 래프팅을 하는 보트가 수십 척이나 되어 유명 관광지를 방불케 한다고 한다.

사정이 이러하다보니, 나는 종종 '동강 가 보셨습니까?'라는 질문을 받는다. 그들은 내가 여행을 즐기고 또 환경문제에도 관심이 많으니 으레 가 보았을 것으로 알고 던지는 질문일 것이다. 그러나 나는 동강에 가 보지 않았다. 아마도 십여 년 전 정선 지방을 여행하면서 동강에도 가 보았을 것이나, 기억에 남는 것은 별로 없다. 동강 댐이 문제가 되자 처음에는 나도 동강에 한번 가 보려고 했다. 동강의 아름다움을 내 눈으로 직접 확인해보고 싶었던 것이다. 그러나 이제는 동강에 가 볼 마음이 없다. 동강은 사람들의 방문에 지쳐 있을 것이라는 생각이 들기 때문이다.

동강에는 아름다운 것들이 많다. 우선 느리게 흐르는 강물과 푸른 절벽과 맑은 하늘이 빚어내는 풍광이 있다. 비오리와 수달과 어름치가 있고, 고성산성, 육백마지기, 소사나루, 백룡동굴, 어라연, 황새여울 그리고 연포 섶다리가 있다. 또 정선 아리랑도 있다. 아름다운 곳에는 아름다운 이름도 많은 법인가. 된꼬까리여울, 아우라지, 배비랑산, 모마루, 꼬리치레도롱뇽, 꾸구리, 새꼬미구리 등은 그 이름만으로도 비경을 이룬다.

그런데 비경이란 사람들이 잘 모를 때 비경이지, 많은 사람들이 붐비면 이미 비경이 아니다. 동강이 지금까지 그 아름다움을 지니고 있는 것은 워낙 오지라서 사람들이 찾지 않았기 때문일 것이다. 래프팅하는 배가 수십 척 떠내려가는 동강은 이미 동강이 아니다. 관광버스에서 내린 수백 명의 사람들이 건너고자 한다면, 아름다운 섶다리는 견디지 못한다. 사람들이 붐비는 곳에 비오리나 어름치는 살지 못한다. 한때 동강의 자연을 위협했던 댐 건설뿐만이 아니라 많은 사람들의 눈독, 손독, 발독 역시 동강의 아름다움을 위협한다. 병아리가 귀엽다고 자꾸 만져 손독이 타면 병아리는 죽고 만다. 장광이라 불리는 동강의 자갈밭도 수많은 사람들의 발길에 발독이 오르면 추해지고 말 것이다.

동강의 아름다움은 사람들의 관광을 위해서 존재하는 것이 아니다. 그 아름다움은 그곳에 있는 산과 물의 것이며, 비오리와 어름치의 것이다. 그들이 거기에 아름답고 평화롭게 살고 있을 때,

동강은 비로소 우리에게 아름다움과 위안을 줄 수 있는 것이다. 댐을 건설하지 않는 것만으로 동강을 살리기는 부족하다. 사람들이 스스로 절제하여, 동강을 관광지로 만들지 않는 것도 필요하다. 나는 동강에 가지 않을 것이다.

봄 이야기

"머언 산 청운사 낡은 기와집, 산은 자하산 봄눈 녹으면"이라고 박목월의 「청노루」는 시작된다. 박목월은 봄을 배경으로 하여 많은 시를 지은 시인이다. 그의 「윤사월」이란 시는, "송화가루 날리는 외딴 봉우리. 윤사월 해길다 꾀꼬리 울면"이라고 시작되고, 또 「산도화」란 시에는 "산도화 두어 송이 송이 버는데, 봄눈 녹아 흐르는 옥 같은 물에"라는 구절이 나온다. 박목월의 시에서 봄은 매우 조용하게 온다. 봄은 어디선가 눈 녹은 물이 흐르고, 산도화 두어 송이 벙글어지고, 송화가루 날리는 가운데 조용히 찾아온다. 그리고 봄은 눈먼 소녀가 홀로 지키고 있는 외딴 집처럼 적적하고 외로운 공간이다. 만물이 소생하는 계절이지만, 그 변화는 아주 고요하고 아득하게 찾아오며 또한 우리에게 아주 막막하고 외로운 느낌을 준다. 겨울내내 잊고 있었던 음악을 봄은 다시 들려준다. 그 음악은 아름답고 애절하다. 그런데 그 음악은 아주 희미해서 우리 몸의 온 감각으로 미세하게 반응하지 않으면 들을 수 없다. 또 그 음악은 우리가 상실한 채 살아가는 그 무엇을 새삼 환기시킴으로써 우리의 외로움을 더욱 짙게 만드는 것이기도 하다.

봄이 되면, 나도 「윤사월」 속의 눈먼 처녀처럼, 송화가루 날리는 외딴 산골 집 툇마루에 앉아서 하염없이 꾀꼬리 소리에 취하고 싶다. 그러나 실제로 그런 곳은 없어져 버렸고, 또 그런 곳이 있다고 해도 그러기에는 쑥스럽다. 내가 봄을 즐기는 공간은 그것과 좀 다르다. 나는 박목월만큼 봄을 깊이 만나기가 불가능하다. 지금의 봄이 예전의 봄과 같지 않고, 나의 감각이 박목월의 감각에 미치지 못하기 때문이다. 그렇지만 나는 나대로 봄의 미세하고 아름다운 음악을 만난다. 그 첫 번째 공간은 한적한 물가이다. 봄이 되어서 저수지나 둠벙의 수온이 오르면, 나는 봄낚시를 떠난다. 한적하고 양지 바른 수촛가에 앉아서 짧은 낚싯대를 드리우고 찌를 조용히 바라보고 있노라면 봄은 마치 물밑의 붕어의 움직임이 찌를 통해 느껴지듯이 그렇게 느껴진다. 이때 고요하지 않으면, 붕어의 입질이 없어지듯 봄의 느낌도 없어진다. 봄낚시를 가서 내가 진짜 낚는 것은 붕어 몇 마리가 아니라, 한적한 수촛가에 앉아서 바라보는 산빛과 나무빛 그리고 물빛에 어려 있는, 적막하면서도 아늑한 봄기운이다. 그러나 나는 지금 몇 년째 봄낚시를 하지 않고 있다. 뿐만 아니라 낚시를 전혀 하지 않고 있다. 그 이유는 '한적하고 양지바른 수촛가'가 없어져 버렸기 때문이다. 몇 년 전부터 어느 물가를 찾아가도 산빛과 물빛은 흐려 있고, 낚시꾼들의 소란스러움과 쓰레기만 널려 있다. 그래서 붕어도 봄기운도 낚을 수 있는 곳이 없어져 버렸다.

내가 봄을 즐기는 두 번째 공간은 바로 우리 동네다. 우리 동네는 북한산 자락이어서 앞뒤로 산이 많이 보인다. 그리고 아직 집이 들어서지 않은 빈 공간이 꽤 있다. 봄이 되면 그 곳에 개나리와 진달래와 벚꽃이 아주 많이 핀다. 우리 동네 전체가 커다란 꽃밭이라고 해도 과언이 아니다. 아마도 어떤 여자가 그런 화려한 색상으로 옷을 지어 입었다면, 그 여자는 다소 천박해 보일 것이다. 그러나 자연은 아무리 화려한 꽃들로 치장을 해도 더욱 아름답고 경이로울 뿐, 천박해 보이는 경우가 없다. 개나리의 발랄함도 그러하고, 진달래의 수줍은 홍조도 그러하고, 벚꽃의 못 말리는 화사함도 그러하다. 그중에서도 특히 진달래의 아름다움이 가장 봄을 봄답게 한다. 진달래는 가까이서 볼 때보다 다소 멀리서 볼 때가 더 아름답다. 소나무나 다른 키 큰 나무들 사이로 진달래가 피어 있는 산언덕을 쳐다보면, 처음에는 진달래꽃이 핀 것을 잘 알아채지 못한다. 그러다가 진달래꽃이 더 많이 피면, 산언덕은 마치 수줍은 처녀의 귓덜미처럼 보일 듯 말 듯 붉어진다. 그렇게 보이는 진달래꽃은 이미 눈에 보이는 꽃이라기보다는 마음으로 보이는 은밀한 봄기운이다. 그러나 이렇게 만나는 봄기운의 공간도 지난 몇 년 사이에 크게 줄어들었다. 터널과 고가도로 공사 때문에 많은 산언덕과 빈터들이 훼손되어 버렸기 때문이고, 또 빈터에 고층 아파트나 빌딩들이 많이 들어섰기 때문이다. 요즘은 개나리나 진달래나 벚꽃을 볼 수 있는 공간이 조금밖에 남지 않았다.

내가 봄을 만나곤 했던 세 번째 공간은 치악산 자락이다. 치악산 자락, 사람의 왕래가 많지 않은 외딴 곳에 내가 아는 분이 한 분 사신다. 그분은 그곳에서 자연과 아주 가까운 삶을 산다. 나는 도시가 지겨우면 가끔 그분이 사시는 곳으로 가서 자연과 계절을 느낀다. 특히 봄이 되면 묘목 몇 그루를 사서 그곳에 심기도 한다. 부드러운 흙을 파고, 나무를 심고, 물을 주는 것은 나에게 비일상적인 충족감을 준다. 그 충족감 속에는 봄기운이 가득 들어 있다. 나무심기는 그냥 나무심기가 아니라 봄의 가장 깊은 맛을 보기 위한 어떤 의식과 같은 것인지도 모른다. 그러나 나무심기 또한 올해는 안 될 것 같다. 작년부터 그분이 사시는 치악산 자락에도 집이 들어서기 시작했고, 그분의 집과 뜨락 또한 다르게 변했다. 물론 지금도 나무 심을 곳은 있겠지만, 나무 심을 분위기가 없어져 버린 것이다.

이처럼 나는 봄을 만나는 세 개의 아름다운 공간을 지니고 있었다. 그러나 그것들은 지난 몇 년 사이에 크게 훼손되었다. 이제 나는 그만큼 봄을 적게 만날 수밖에 없다. 봄은 저절로 오는 것이 아니라, 마치 철새가 그러하듯 와도 되는 곳에만 온다. 황폐해진 곳, 오염된 곳에 오는 봄은 진정한 봄이 아니라 단순히 '기온이 높아진 날씨'만 오는 것이다.

우리는 박목월이 노래한 「청노루」와 「윤사월」의 그 고요한 공간과 적막하고 아름다운 봄을 오래전에 상실했다. 그리고 이제는 조용히 봄낚시 할 곳도 없어지고, 나무 심을 곳도 없어지고, 동네를 아름답게 수놓던 봄꽃들도 크게 줄어들었다. 봄이 점점 봄 같지 않은 봄이 되어가는 세상의 시끄러움 속에서, 나는 어디에서 봄기운을 만나 그것으로 나의 마음을 데울 것인가?

도끼 들어가요

아메리카 대륙의 어떤 인디언 부족은 인간보다 새들을 더 고귀한 것으로 생각했다. 그들은 네 발로 다니는 짐승들이 가장 저급하고 그 다음이 두 발로 걷는 인간이고 날개로 하늘을 나는 새들을 가장 신성하게 여겼다. 그러나 대부분의 인간들은 옛부터 자신이 가장 고귀한 존재라고 생각했다. 자신들만이 신과 같은 모습을 지니고 있으며, 세상의 모든 것들이 인간을 위해서 존재한다고 생각했다. 계몽주의 시대 때 서구 사람들은 수박이 둥글게 생긴 까닭을 그렇게 생겨야만 갈라서 먹기 편하기 때문이라고 이해했다. 또 바다에 짠물이 가득 차 있는 까닭도 사람들이 배를 타고 항해하기 편하게 하기 위해서라고 이해했다. 소나 양도 사람을 위해 존재하며, 곡식과 열매도 사람을 위한 것이라고 믿었다.

인간이 만물 가운데서 가장 고귀하며, 모든 것들이 다 인간을 위해서 존재한다는 생각을 인간중심주의라고 한다. 인간중심주의는 오늘날 심각한 위기가 된 자연파괴의 원인이라고 지적된다. 즉 인간의 이기적 욕심이 자연을 마구 착취하고 파괴했기 때문에 이제는 그 자연과 함께 인간도 공멸할 위기에 처했다는 것이다. 그래서 인간중심주의를 버리고 자연의 고유한 가치를 인정하고 인간을 포함한 모든 존재들이 평등하다는 비인간중심주의를 가져야 한다고 주장되기도 한다.

한 포기 풀이나 벌레 한 마리도 인간과 마찬가지로 귀한 존재라는 생각은 고결하고 또 윤리적이다. 그런 생각으로 자연을 대하여야만 인간이 자연과 더불어 잘살 수 있을 것 같다. 그러나 현실적으로 인간이 완전히 인간중심적 생각이나 행동을 버리기는 어렵다. 우리는 살기 위해서 어쩔 수 없이 짐승도 잡아먹어야 하고, 나무도 베어야 하고, 열매도 따먹어야 한다. 자연의 고유한 존재가치를 인정하면서 동시에 자연 속에서 먹거리와 자원을 얻어야 한다는 사실은 생태주의자들의 딜레마이다.

우리의 옛 조상들은 이러한 생태주의자들의 딜레마를 슬기롭게 넘어서는 지혜를 보여 준다. 옛날 나무꾼이 산에 나무를 하러 가면 나무를 베기 전에 하는 일이 있다. 그것은 나무에게 절을 먼저

하고 이어서 '도끼 들어가요'라고 고함쳐 알리는 일이다. 그런 뒤에 나무꾼은 도끼질을 시작했다. 할 수 없이 나무를 베지만, 나무에게 미안함을 표하고 또 나무가 너무 놀라지 않도록 알려 주었던 것이다. 그런가 하면 우리 할머니들은 추석 송편을 찌기 위해서 솔잎을 딸 때 꼭 어두워진 뒤에 땄다. 그것도 도둑질하듯 매우 살그머니 땄다. 밝을 때 솔잎을 따면 소나무가 겁먹고 아파하기 때문에 소나무가 잠든 틈을 타서 아주 살그머니 솔잎을 따야 소나무에게 덜 미안하다는 것이다. 그 외에 잔치를 하면 꼭 짐승들을 위한 음식을 밖에 내어 둔다거나 또 감을 딸 때도 다 따지 않고 까치감을 남겨 두어 새들의 먹이가 되도록 한 것도 다 같은 마음에서 나온 행동일 것이다.

오늘날 환경의 오염과 자연의 파괴는 그 누구도 피할 수 없는 심각한 위기이다. 이것은 인간의 탐욕과 이기심과 오만함이 낳은 결과다. 이 위기를 넘어서는 길은 멀리 있는 것이 아니다. 우리 조상들이 지녔던 슬기와 아름다운 마음씨를 이어받는 것이 바로 그 길이다. 가슴에 띠를 두르고 산이나 강에 가서 쓰레기를 줍기 이전에, 우리 조상들의 이러한 마음씨를 되살림으로써 우리는 자연뿐만 아니라 우리끼리도 조화와 평화 속에서 살 수 있을 것이다.

자연의 비정함

천지불인(天地不仁)이라는 옛말이 있다. 하늘과 땅, 즉 자연이 인자하지 않다는 말이다. 여름의 홍수를 보면 그 말이 새삼스레 실감이 난다. 하늘은 어디에 그 많은 물을 숨겼다가 한꺼번에 퍼붓는 것일까? 다리 바로 아래까지 넘실대는 한강물, 그리고 집과 들을 뒤덮은 누런 황톳물을 보노라면 텅빈 듯한 하늘에서 저토록 많은 물이 내려왔다는 사실이 믿기지 않는다. 중국은 우리보다 훨씬 큰 홍수가 났을 때에 이재민 수만 해도 2억 5천만 명이나 된 적도 있다니 자연의 용트림 앞에 인간이 얼마나 미약한 존재인가를 다시금 생각하게 된다. 인간이 오랜 세월에 걸쳐 건설해 놓은 문명세계가 한차례 폭우에 뻘밭이 되어 버린 것이다.

엄청난 폭우 앞에서는 수질오염이나 대기오염과 같은 것도 전혀 문제가 안 된다. 그토록 심각한 걱정거리였던 오염된 물과 오염된 공기도 모두 폭우에 휩쓸려 가 버리고 오랜만에 도심에서도 잠시 맑은 공기를 마실 수 있다. 강과 저수지의 오염된 물들도 어디론가 흘러가 버렸을 것이고, 당분간은 그래도 비교적 맑은 강과 저수지를 보게 될 것이다. 우리 집 앞의 그 더러웠던 개천도 오늘은 맑은 물이 시원스레 흐른다.

소위 '가이아 가설'로 유명한 영국의 과학자 러브록이라는 사람이 있다. 그녀는 지구를 하나의 거대한 생명체로 생각함으로써 지금까지 인간이 자연에 대해 지녔던 생각을 뒤바꾸고 자연과 인간의 관계를 바람직하게 재정립하고자 한다. 가이아 가설에 의하면, 자연을 정복의 대상으로 여기는 독선적 견해도 잘못되었고, 또 물질문명과 과학기술이 지구 생태계를 곧 파멸로 몰고갈 것이라는 비관적 견해도 신중하지 못하다. 러브록은, 자연을 파괴하는 가장 무서운 존재는 인간이 아니라 자연 그 자체라고 한다. 홍수나 화산 폭발이나 지진이나 태풍과 같은 천재지변의 파괴력에 비하면 인간의 생태계 파괴는 아직도 미미한 수준이라는 것이다. 큰 물난리를 생각해 보면, 러브록의 주장에 공감이 간다. 중국의 홍수피해는 핵폭탄보다 무서운 것이 자연의 힘이라는 사실을 확인해 준다.

한편, 많은 기상학자들은 이번 홍수가 엘니뇨와 라니냐 때문에 발생한 것이라고 한다. 엘니뇨나 라니냐 현상이 인간들의 자연파괴 때문에 생긴 것이라면, 결국 이번 홍수도 인간들이 스스로 자초한 재앙이라고 할 수 있다. 그래서 인간들의 무모한 탐욕을 반성하는 목소리도 적지 않다. 홍수에 대한 이러한 설명이 어느 정도 과학적 근거가 있다고는 하지만 그래도 얼마나 확실한 것인지는 알 수 없다. 과학이 아무리 발달했다고 해도 자연의 신비한 운행과 그 의미를 인간이 전부 파악하기는 어려울 것이다. 엘니뇨나 라니냐 현상이 지구생태계가 파괴되어 가는 징후인지 아니면 통상적인 자연 현상인지 아니면 병든 지구 생태계가 스스로 건강을 회복하기 위한 자기 구조조정의 과정인지 그 누구도 장담할 수 없을 것이다.

인간의 힘이 위대한 것 같아도 자연의 힘에 비하면 보잘것없다. 그리고 자연의 힘은 비정하다. 우리가 흔히 쓰는 '자연보호' 라는 말도 자연의 엄청난 힘과 그 비정성을 생각해보면 가당찮은 말이라는 느낌이 든다. 인간의 힘으로 자연을 어떻게 보호해서 태풍이나 홍수 같은 것을 막을 수 있겠는가? 인간이 자연에 대해서 가질 수 있는 태도는 그 무한한 위력과 신비에 대하여 두려움과 경외감을 가지는 것뿐인 듯하다.

농심마니패

최성각이라는 소설가가 쓴 소설 『부용산』을 읽었다. 사람들의 입을 통해 전해져 온, 한때 빨치산 노래라고 금지되었던 '부용산'이라는 노래의 근원을 찾는 이야기다. 소설이라지만 실명들도 그대로 나오고 서술자가 바로 작가 자신이기 때문에 다큐멘터리와 별로 다를 바가 없다. 그런데 소설 속에는 '농심마니패'라는 흥미로운 모임이 나온다. 농심마니패라는 말은 농사짓다라고 할 때의 농자와 산삼을 캐는 심마니라는 말과 패거리라고 하는 말을 합성한 것이다. 그러니까 산삼을 농사짓는 모임이라는 뜻이 된다. 이 모임에 대한 소설 속의 설명은 다음과 같다.

"농심마니란 산에 산삼을 심는 사람들이라는 말로서, 산삼을 캐는 사람들을 뜻하는 심마니와 달리 그 말이 생긴지 십여 년이 조금 넘는 조어였다. 국운 쇠퇴와 참혹한 일제 강점 그리고 미증유의 동족상잔, 그 후 미완의 혁명을 깔아뭉갠 오월 쿠데타를 필두로 길고도 긴 군부독재로 점철된 우리 현대사가 공교롭게도 산삼의 씨가 마르는 것과 궤를 같이 했다는 다소 엉뚱스러운 역사의식에서 비롯된 '산삼심기'는 자연을 잡아먹으면서 건강을 사려는 이기적인 태도가 아니라 산삼을 심음으로써 우리 땅의 정기를 되찾고자 하는 취지에서 발상된 작은 문화운동이었다. 농심마니는 산삼의 묘삼을 산에 심되, 심은 자가 캐 먹지는 않는다는 이타적인 정신을 근간으로 삼고 있었다. —그동안 23차례의 산삼심기를 통해 농심마니패들이 전국 골골샅샅이 심은 산삼의 묘삼만도 수만 뿌리에 이르게 되었다."

　소설 속의 여러 정황으로 미루어 짐작컨대 실제로 그러한 모임이 있고, 작가도 그 모임의 일원인 것 같다. 우리 주변에는 자연을 찾아다니는 모임이 많다. 단순히 등산을 즐기는 모임도 있고, 또 야생난을 찾으러 돌아다니는 모임도 있고, 새를 보러 다니는 모임도 있고, 돌을 주우러 다니는 모임도 있다. 이런 모임들은 모두 자연친화적 모임이지만, 자연으로부터 무엇인가를 얻고자 하는 모임이다. 그렇지만 자연에게 무엇인가를 되돌려 주러 다니는 모임이 있다는 이야기는 듣지 못했다. 그런 점에서 농심마니패들은 독특하다.

산삼을 민족 정기와 연결시키는 것은, 작가의 말대로 엉뚱하다. 좋은 생각이 아닌 것 같다. 그런 생각은 혹세무민하기 쉽다. 그렇지만 산삼을 산에 심는다는 것은 그 뜻이 아주 좋다. 산삼은 적어도 몇십 년이 지나야 약초다운 약초가 된다. 그런 점에서 산삼은 심는 사람이 캐 먹으려고 해도 그렇게 하기 어렵다. 자기 땅도 아닌 어느 산골에 산삼을 심는다는 것은 미래의 후손들을 위한 투자라고 할 수 있다. 당장 이익이 눈앞에 보이지 않으면 좀처럼 아무 것도 하지 않으려는 야박한 풍속 속에서 이러한 마음은 참으로 아름답다. 그리고 자연에서 무엇인가를 얻어 내려고만 하는 세상에서 자연에게 무엇을 되돌려 주려는 마음 또한 소중한 것이 아닐 수 없다.

서정주가 쓴 「침향」이란 시가 있다. 시 속에서, 질마재 사람들은 참나무 토막을 바닷물과 강물이 만나는 곳에 넣어 둔다. 침향이라는 아름다운 향기의 향을 만들기 위해서다. 그러나 참나무는, 짧게는 이삼백 년 길게는 천 년을 그 물 속에 있어야 침향이 된다. 그러니까 질마재 사람들은 까마득한 후손을 위해 침향을 만드는 것이다. 몇백 년 후의 사람들을 위해 오늘의 수고를 마다하지 않는 아름다운 마음씨가 침향의 향기를 만드는 것인지도 모른다.

침향을 만드는 마음이나 농심마니패의 마음이 별로 다르지 않다. 우리가 자연을 생각하고 환경을 생각할 때 기본적으로 가져야 할 마음은 바로 이런 마음이 아닐까 한다.

골프군 러브호텔면 가든리

얼마 전 선배 한 분과 함께 가을 산에 올랐다. 설악산 바로 남쪽에 있는 점봉산이란 곳이다. 초행이라 속초에 계시는 시인 이성선 선생께서 기꺼이 안내를 해 주시기로 하였다.

산행도 산행이지만, 서울을 벗어나 가을의 산과 들녘을 만나고 싶었다. 그러나 서울을 좀처럼 벗어날 수가 없었다. 서울 시내에서는 물론이고 양평을 지날 때까지 계속 차가 밀렸다. 서울에서의 시시하고 번잡한 생활 때문에 서울 벗어날 여유가 좀처럼 없지만, 겨우 여유를 내서 서울을 벗어나려고 해도 교통체증이 한참 동안이나 나의 발목을 잡고 놓아주질 않았다.

양평을 좀 지나 겨우 도로가 한산해졌지만, 여전히 내가 기대하던 풍경은 나오지 않았다. 대신 요란한 모습의 여관과 음식점과 찻집이 도로변에 즐비했다. 그때 옆자리의 선배가, 이곳 주소가 어떻게 되는지 아느냐고 물었다. 무슨 질문을 하는 건지 뜻을 몰라 쳐다보니, 선배의 대답이 재미있었다. 이곳의 주소는 '골프군 러브호텔면 가든리'라는 것이다. 그러고 보니 정말 서울 근교는 온통 골프장과 러브호텔과 가든과 찻집뿐인 듯하다. 다르게 말하면 경기도 지역은 온통 서울시민의 유흥장이 되어 버린 듯하다.

우리는 보다 한가한 도로를 찾아 홍천에서 양양으로 빠지는 길로 우회했다. 그러자 비로소 소박한 시골풍경이 펼쳐졌고, 늦가을 햇살이 아무런 방해도 받지 않고 차창에 부딪쳤다. 추수가 끝난 들판은 들판대로 쓸쓸한 아름다움이 있었고, 낙엽지는 나무와 구비구비 웅크린 산들도 가을의 정취를 보여 주었다. 왜 사람들은 이처럼 아름다운 풍경을 억지로 '골프군 러브호텔면 가든리'로 바꾸려고 안달하는지 안타까운 마음이 들었다.

오색에서 하룻밤을 잤다. 다음날 아침 일찍 속초에 사는 이성선 시인께서 숙소로 찾아왔다. 이성선 시인은 그곳에서 오랫동안 교사로 계셨던 분이다. 세속의 욕심으로부터 한발 비켜서서 맑은 시정신으로 자연과 깊은 교감을 나누는 그런 시인이다. 설악의 산들과 몸과 마음이 아울러 가까이 지내서서 그런지 초로의 나이에도 불구하고 시골 소년과 같이 해맑은 모습이다. 내가 점심거리로 라면을 준비했다고 하자, 이성선 시인은 그러면 안 된다고 정색을 하셨다. 산에서는 취사가 금지되어 있을 뿐만 아니라 지금은 건조해서 산불위험이 크기 때문에 조그만 불씨도 가져가서는 안 된다는 것이었다. 그리고 빵을 조금 사왔으니 그것으로 점심요기는 될 것이라 했다. 나도 산을 사랑하는 사람이라고 스스로 생각해 왔지만, 이성선 시인의 말을 들으니 부끄러워졌다.

우리 세 사람은 아침 일찍 점봉산으로 올랐다. 고개에 오르자 왼편으로는 설악산의 서북능선이 장엄하게 펼쳐졌고, 오른쪽으로는 태백산맥의 봉우리들이 물결치듯 아득히 펼쳐졌다. 그뿐 아니라 몇백 년 묵은 의젓한 소나무와 전나무들의 아름다움이 아침 햇살 속에서 당당히 그 모습을 드러내었다. 점봉산의 아름다운 풍광 속에서 나는 서울의 풍경과 서울 근교의 풍경을 머리 속에 떠올려 보았다. 비교할 수 없이 추하고 야만스런 풍경이라는 생각이 새삼 들었다. 그리고 인간들은 왜 이렇게 아름다운 풍경을 버리고 그런 추한 환경을 만들어 사는 것일까라는 어리석은 생각도 했다.

이성선 시인은 산행 도중에 여러 가지 나무들에 대해서 이야기를 해 주었다. 그리고 점봉산은 설악산보다도 오히려 자연생태계가 원형대로 더 잘 보존되어 있는 지역이라고 일러주었다. 그 말을 들으니 점봉산에 자주 찾아오고 싶지만 자주 와서는 안 될 것

같았다. 사람이 자주 다니면 아무래도 자연생태계에 영향을 주게
되리라는 생각에서였다. 우리가 점점 잃어가고 있는 자연의 본래
모습을 점봉산은 아직 간직하고 있었다. 나는 서운한 마음을 점봉
산에 남겨두고, 다시 '골프군 러브호텔면 가든리' 로 되돌아왔다.

나무 심을 땅

사무실에 출근하여 컴퓨터부터 켜는 것이 나 같은 사람에게도 습관이 되었다. 컴퓨터를 싫어하면서도 점점 컴퓨터의 위력 속으로 빨려 들어간다. 컴퓨터를 이용하여 원고를 쓰고, 보내고, 받는다. 전자우편은 지구 반대편의 사람과도 쉽게 메시지를 주고받게 해 준다.

아침에 전자우편함을 열어보니 친구의 메시지가 와 있다. 친구의 메시지에는 전자우편이라는 수단과는 어울리지 않는 감정이 들어 있다. 거기에는 쓸쓸한 봄소식이 들어있다. 내용은 이러하다.

지난 토요일에는 고향에 다녀왔습니다. 봄이 와서 고향 언덕에 나무라도 몇 그루 심고 싶어 내려갔었는데, 시장에 아직 나무묘목이

나오지 않았고, 또 장날에만 나무 장이 선다고 해서, 다음을 기약하고 산소만 둘러보고 그냥 올라왔습니다. 그런데 내가 자랐던 고향집이 헐려 버린 것을 보았습니다. 집 뒤에 서 있던 대나무밭만 더욱 수런대고, 그곳에 새로운 사람이 와서 새집을 짓는다고 내가 심었던 몇 그루 나무들도 모두 베어내 이젠 그곳에 내 유년의 흔적이라곤 남은 것이 없었습니다. 작은 꽃나무들은 그렇다고 해도 심은 지 스무 해가 넘어 꽤나 큰 후박나무, 봄이면 환한 꽃을 보여 주던 살구나무, 복숭아나무, 벚꽃나무도 뿌리째 없어지고, 내가 초등학교 때 그 집에서 살기 시작할 무렵 이미 의젓했던 벽오동나무는 어디로 갔는지? 벽오동 심은 뜻을 새로 이사 온 사람이야 알 리 없고, 한참 서서 바라보다가 바람이 불어와 돌아섰습니다.

친구는 고향을 떠나 서울생활을 하던 중, 고향 집을 친척 아저씨에게 팔았다. 친척 아저씨가 살고 있는 한, 그곳은 여전히 그의 고향집일 수 있었다. 그런데 그 아저씨가 작년에 그 집을 다른 사람에게 넘겼다고 한다. 이제 새로운 집주인이 새집을 지으려고 옛집을 헐고, 나무를 없애 버린 것이다. 옛집은 헐더라도 크게 자란 나무들은 그대로 두었다면, 친구는 그리 서운하지 않았을 것이다. 우리는 나무를 너무 함부로 베어 버리는 시대에 살고 있다.

친구는 몇 년 전부터 봄이면 고향에 찾아가 나무 몇 그루를 심곤 했다. 이미 자기 땅도 아닌 곳에 나무를 심고 와서는 흐뭇한 표정으로 나에게 자랑을 하곤 했다. 나무를 심는다는 것은 그 자체로 큰 즐거움이다. 더욱이 그 나무가 크게 자라서 하늘을 반쯤 가린 채 부드럽게 바람에 흔들리는 모습을 상상해 보면 저절로 행복해진다. 나무를 심는 것은 그 땅에 마음을 심는 것이고, 시간을 심는 것이라고 말할 수 있을 것 같다. 나도 그 친구처럼 봄이면 나무를 심고 싶지만, 나에게는 아예 나무 심을 땅이 없어 엄두도 못 낸다. 그 나무를 함부로 베어내지만 않는다면, 누구의 땅에라도 봄이면 두세 그루의 나무를 심고 싶다.

친구는 고향 집이 헐린 것보다 고향 집의 나무들이 없어진 것을 아쉬워한다. 자기 땅이 아니더라도 고향에 나무 심을 땅이 있다면, 그곳은 여전히 고향일 수 있다. 세상의 변화는 친구가 심었던 나무, 친구가 유년 때부터 함께 했던 나무들을 베어 버렸다. 그 나무들이 다 베어진 곳으로 다시 친구가 나무를 심으러 갈 것인지는 알 수 없다. 나무 심을 땅이 있더라도 나무를 소중히 생각하는 사람이 없는 곳에는 나무를 심을 마음도 없어질 듯하다.

그렇지만 그 친구가 앞으로도 계속 나무를 심으러 갔으면 좋겠다. 몇 년 전에 심은 벚꽃나무가 화사하게 꽃망울을 터뜨리는 그 옆에 또 한 그루의 묘목을 심으며 즐거워하는 친구의 모습을 계속 보고 싶다.

가장 오래된 나무

이 세상에서 가장 오래 사는 나무는 어떤 나무일까? 그것은 브리스틀 콘 소나무다. 브리스틀 콘 소나무는 그 수명이 오천 년 이상이라고 한다. 오천 년이라면 바위도 풍화되어 모래가 되어 버릴 수 있는 세월이다. 도대체 브리스틀 콘 소나무는 어떤 나무이길래 그렇게 오래 살 수 있을까?

이 나무가 사는 곳은 뜻밖에 자연 환경이 매우 열악한 곳이다. 해발 3천 미터의 고산지대이며 일 년 강우량이 3백 밀리미터밖에 되지 않는 황무지와 같은 곳이다. 이곳에서 브리스틀 콘 소나무는 매우 느리게 자란다. 1센티미터 굵어지는데 오십 년에서 칠십 년이 걸린다. 그리고 키는 보통 9미터를 넘지 않는다.

매우 느리게 자라는 만큼 나무의 결은 아주 촘촘하고 단단하기가 돌과 같다. 열악한 환경 속에서 수분과 양분을 박탈당하면서 이 나무는 보다 더 단단하고 기름성분이 많은 몸체를 형성하여 병충해를 막는다. 그래서 죽어서도 몇천 년 동안 제 모습을 유지한다.

브리스틀 콘 소나무의 또 하나 흥미로운 점은, 죽음과 삶을 동시에 유지하고 있다는 사실이다. 나무의 대부분이 죽은 목질로 변해도 어느 한 줄기 또는 어느 한 부분은 여전히 살아 있는 경우가 많다. 브리스틀 콘 소나무처럼 자기 몸의 99퍼센트가 기능이 정지해도 나머지 1퍼센트로 생명을 유지할 수 있는 생명체는 달리 없다고 한다.

브리스틀 콘 소나무의 이러한 생존방식은, 열악한 환경에서 살아남기 위한 극한적인 내핍이라고 할 수 있다. 즉, 최소한의 영양분과 수분으로 살아가기 위해서 생존에 필요한 에너지의 소비를 극단적으로 줄인 것이다. 최소한의 섭취와 최소한의 성장이 오히려 생명을 연장시켜 주는 셈이다. 흔히 장수하려면 적게 먹으라고 말한다. 이 나무는 그 말을 가장 잘 실천하고 있는 것처럼 보인다.

그러나 브리스틀 콘 소나무는 오래 사는 대신 많은 것들을 포기했다고 할 수 있다. 영양분을 흠뻑 섭취하는 즐거움, 무럭무럭 자라고 생의 활기가 넘치는 기쁨, 해마다 새 잎들로 화려하게 몸단

장하는 즐거움, 곧고 굵은 나무가 되어 큰 목재로 쓰이는 보람, 우람한 나무가 되어 잡목들을 내려다보는 당당함 등 나무로서의 욕구를 거의 포기하고 오로지 생존만 염려하는 나무다. 만약 나무도 삶의 행복을 추구하고 또 느낄 수 있다면, 브리스틀 콘 소나무는 자신의 삶을 행복하다고 느낄까?

우리가 인생을 가늘고 길게 사는 것이 좋은가 아니면 굵고 짧게 사는 것이 좋은가 하는 문제는 함부로 답할 수 없다. 역사 속의 유명한 영웅들, 그리고 영화나 소설 속의 멋진 주인공들은 대개 굵고 짧은 인생을 보여 준다. 굵고 짧은 인생 속에는 행복과 욕망의 추구가 넘치는 듯하다. 이와는 달리, 가늘고 긴 인생은 대개 시시하고 보잘것없다. 그냥 조용히 참고 견디면서 세월만 보냈다는 인상을 줄 뿐이다. 그래서 꿈이 많은 도전적 젊은이들은 굵고 짧은 인생을 동경한다. 한 순간을 살아도 멋지게 살자는 것이 바로 그것이다.

그러나 짧기는 쉬워도 굵기는 어려운 것이 세상이요 현실이다. 또 굵게 살려는 태도는 흔히 지나친 소비와 지나친 욕망을 포함하고, 그리하여 세상의 갈등을 증폭시킬 우려가 많다. 조용히 자연에 순응하고 겸손하며 평화를 사랑하는 삶은 절제의 삶일 수밖에 없을지도 모른다.

브리스틀 콘 소나무는 시시한 삶 속에도 고귀한 가치가 있을 수 있음을 가르쳐 준다. 최소한의 욕망과 소비로 생존하는 삶의 건강함을 다시 생각해 본다.

눈을 둘 곳

　언제부턴가 안경을 쓰지 않은 학생을 만나기가 힘들다. 혹 안경을 쓰지 않은 학생도 알고 보면 콘택트렌즈를 착용하고 있는 경우가 많다. 학생들뿐만 아니라 남녀노소를 불문하고 정상적인 시력을 유지하고 있는 사람을 보기가 어렵게 되었다. 이제 한국 사회에서는 시력이 약한 것이 거의 당연시되고 있다.

　그런데 캐나다의 밴쿠버에 가 보았더니, 안경을 낀 학생들의 수가 별로 많지 않았다. 대개는 안경을 쓰지 않고 있었다. 콘택트렌즈를 사용하는 학생들이 얼마나 되는지는 알 수 없지만, 짐작컨대, 캐나다의 학생들이 한국의 학생들보다 훨씬 건강한 눈을 가진 것 같았다. 그리고 보면, 건강에 지대한 관심을 쏟고 있는 우리 사회에서 눈의 건강에 대한 관심은 아주 적은 듯하다. 범국민적으로 눈의 건강을 위한 캠페인이라도 벌여야 마땅한 시점이 아닌가 한다.

만약 우리 나라 사람들의 시력이 특별히 약하다면, 그 이유는 무엇일까? 쉽게 생각해 볼 수 있는 하나의 이유는 시각환경의 변화, 즉 우리 사회의 심각한 시각공해 때문일 것이다. 우리의 생활환경은 점점 더 눈을 혹사시키는 쪽으로 변해가고 있다. 흔히 학생들이 눈이 나쁜 이유를 과도한 입시공부 때문이라고 하지만, 그뿐만 아닌 것 같다. 서울에서 살다보면 편안하게 눈을 둘 곳이 거의 없다. 창밖을 내다보면 아파트의 숲이 시야를 가리고 있고, 거리를 걷다보면 수많은 사람들과 차들이 코앞에서 움직이고 또 온갖 간판과 광고들이 가까운 거리에서 눈을 자극한다. 버스나 승용차 속에서도 눈을 둘 곳이 별로 없다.

지하철은 더욱 심하다. 그곳에서는 볼 수 있는 거의 모든 물체가 바로 눈앞에 있다. 좀 과장해서 말한다면 서울이라는 생활 공간 모두가 지하철 속에서처럼 멀리 볼 수 있는 공간을 상실했다고 말할 수 있다. 책을 볼 때 책과 눈의 거리는 대략 30센티미터쯤 된다고 하자. 그리고 멀리 있는 하늘의 구름이나 수평선이나 지평선을 볼 때 그것들과 눈의 거리는 거의 무한대일 것이다. 그렇다면 옛날 사람들은 일상생활 속에서 눈의 초점을 30센티미터부터 무한대까지 늘 조정하면서 살았다고 할 수 있다. 그러나 요즘 사람들은, 특히 서울과 같은 대도시에서 사는 사람들은 거의 이삼 미터 안으로만 눈의 초점을 맞추고 산다고 말할 수 있다. 멀리 있는 물체를 쳐다볼 기회를 상실한 생활 속에서 눈은 퇴화되어 가고 있는 것이다. 현대인들의 눈은 멀리 있는 것을 볼 수 있는 기회를 상실한 대신, 매우 자극적이고 현란하고 빨리 움직이는 대상을 보도록 강요받고 있다. PC게임, 영화, 상업광고 등의 영상문화들은 현기증이 날 정도로 자극적이고 빠른 이미지들을 보여 준다. 우리는 그러한 이미지들의 홍수 속에서 산다. 그것들은 거의 눈에 대한 무자비한 폭력이라고 할 만하다. 그 폭력은 늦은 밤에도 쉬지 않고 계속된다. PC게임을 매일 몇 시간씩 거의 하루도 빠지지 않고 하는 청소년들이 시력을 완전히 잃지 않는다는 사실이 신기할 정도이다.

멀리 수평선 위에 한가하게 떠 있는 흰 돛단배, 산너머 먼 하늘에 편안하게 흐르는 흰 구름, 아득히 펼쳐진 푸른 들판, 눈을 휴식시켜 주는 밤의 어두움 등은 이제 없다. 책을 읽다가 잠시 눈을 들어 쉬게 할 스카이라인도 푸른 나무 한 그루도 밤하늘의 별도 잃어버린 지 오래이다. 이런 생활 환경 속에서 눈이 나빠지는 것은 당연한 일이 아닐까? 사람이 외부로부터 받아들이는 정보량의 80

퍼센트는 눈을 통해서 받아들인다고 한다. 그렇다면 눈에 대한 폭력은 눈만 해치는 것이 아니라 사람들의 마음까지도 해치는 것인지도 모른다. 눈의 건강을 위해서, 나아가 정신의 건강을 위해서도 눈을 둘 곳이 필요하다.

3

보이지 않는 것

미셸 투르니에라는 현대 프랑스 소설가는,『금요일 혹은 태평양의 끝』이란 소설로 우리 나라에도 잘 알려진 작가다. 그가 쓴 수필 가운데『누드 초상화』라는 흥미로운 글이 있다. 모르는 시골 아가씨가 그의 집을 찾아와 문학에 관한 이런 저런 이야기를 하다가 화제가 사진으로 옮겨갔다. 투르니에는 사진에도 조예가 깊어 그의 집에 사진 촬영을 위한 스튜디오까지 있다. 투르니에는 그 아가씨에게 모델이 되어 줄 수 있느냐고 물었고, 그 아가씨는 쾌히 승낙했다. 아가씨를 스튜디오에서 기다리게 해 놓고 잠시 카메라와 필름을 준비해 돌아오니, 그 아가씨는 누드 사진을 찍는 줄로 오해하고 옷을 다 벗고 기다리고 있었다. 투르니에는 아가씨더러 다시 옷을 입으라고 말하기도 어색해서 그냥 누드로 세워 놓고 얼굴 사진만 찍었다. 그런데 그 사진을 현상해 보니, 비록 얼굴만 나왔지만 누드로 서 있는 얼굴은 분위기가 아주 색달랐다. 그래서 투르니에는 그 얼굴 사진을 '누드 초상화'라고 이름 붙였다.

옷을 입고 서 있을 때의 얼굴 분위기와 옷을 벗고 서 있을 때의 얼굴 분위기가 달라진다는 것은 충분히 이해되는 일이다. 누드 초상화는, 보이지 않는 부분이 보이는 부분에 영향을 미친다는 것을 사진으로 증명해 보인 셈이다. 빙산의 일각이란 말이 있지만, 생각해 보면 거의 모든 보이는 것들은 보이지 않는 부분을 감추고 있다. 그러면서 보이지 않는 부분과 유기적으로 연결되어 밀접한 관계를 맺고 있다. 가령 얼굴이 검어지면 얼굴에 병이 있는 것이 아니라 간장과 같이 보이지 않는 곳에 병이 있는 것이다. 병뿐만 아니라 세상의 일들이 다 그러하다. 건물 붕괴 사고나 가스 폭발 사고 뒤에는 보이지 않는 부정과 부패와 안일이 있었을 것이며, 정치적 비리 뒤에는 우리 사회의 여러 문제점들이 복합적으로 작용하고 있었을 것이다.

항상 보이지 않는 것들이 보이는 것에 영향을 미치고 있기 때문에, 보이는 것에만 신경 쓰고 대처하려 하면 대개는 실패하게 된다. 버스나 기차가 떠나는 것을 보고 서두르면 대개 놓치고 마는 것과 같다. 버스나 기차를 놓치지 않으려면 미리 시간을 계산해서 버스나 기차가 떠나는 것이 아직 보이지 않을 때부터 서둘러야 한다. 즉, 보이지 않는 것에 대해서 늘 세심한 주의를 기울여야 보이는 것을 온전하게 유지할 수 있다.

그러나 사람들은 이 단순한 사실을 종종 무시하고 보이는 것에만 신경을 쓰려 한다. 학력이나 외모로 사람을 평가하려 하며, 눈에 보이는 쓰레기만 치우면 환경이 깨끗해진 것으로 생각한다. 정치의 수준에 대해서 크게 실망하면서도, 그것이 지연이나 학연이나 인간관계를 중시하는 자신의 생활태도와 연결되어 있는 문제라는 사실은 외면한다. 또 자식의 버릇이 크게 나빠진 것에 대해서 걱정을 하면서도, 그것이 학교공부만 강조하고 그 외의 일상생활에서는 크게 너그러운 부모의 태도에서 비롯된 문제라는 사실을 잘 알지 못한다. 또 자신이 돈을 벌기 위해서 조금씩 후퇴시켰던 양심 때문에, 결국 자신과 자신이 속한 사회 전체가 병들어 간다는 사실도 잘 알지 못한다.

더욱이 우리 사회는 보이는 것이 점점 많아진다. 사회가 복잡해지고 영상문화, 광고문화, 통신이 발달함에 따라 눈 둘 곳을 모를 만큼 보이는 것들의 홍수 속에 살고 있다. 그러나 보이는 것이 많아질수록 보이지 않는 것은 더 많아진다는 사실을 잊어버리지 말아야 할 것이다. 보이는 것들은 다 보이지 않는 것들이 움직이고 조종하는 것이니까 말이다.

접속과 접촉

    사이버 세계도 이제는 중요한 현실의 일부가 되어 가고 있다. 컴퓨터를 켜고 사이버 세계에 접속하면 거기에는 또 다른 하나의 세상이 있다. 신문도 볼 수 있고, 책도 볼 수 있고, 친구도 만날 수 있고, 바둑도 둘 수 있고 또 가상의 적과 전쟁도 치를 수 있다. 뿐만 아니다. 실제로 물건도 골라 살 수 있고, 책도 살 수 있다. 접속은 이제 중요한 삶의 방식이 되었다. 사람들은 이제 직접 접촉할 필요가 없이 접속만으로 많은 일들을 할 수 있다. 실제 세계가 접촉의 세계라면, 사이버 세계는 접속의 세계이다.

    그러나 접속으로 열리는 사이버 세계는 접촉의 즐거움을 앗아가 버린다. 사이버 세계에서 우리의 촉감과 육감은 아무 소용이 없다. 즉 만질 수 없고 느낄 수 없는 것이 사이버 세계다. 만져지지 않는 것, 접촉할 수 없는 것은 허전하고 불안하다. 아주 오랜만에 그리던 고향 땅에 돌아온 사람들은 흙을 손으로 움켜쥔다. 그것은 고향 땅과 좀더 강하게 만나려는 자연스런 행동이다.

책이나 물건을 살 때도 그것을 만져 보지 않으면 불안하다. 서점에서 책을 고를 때, 물론 내용도 중요하지만 책의 질감도 중요하게 작용한다. 물건을 살 때는 더욱 그러하다. 눈으로 보는 것만으로는 부족해서 이리저리 만져 봐야 그 물건이 마음에 드는가 아닌가를 판단할 수 있다. 그러나 사이버 시장이나 서점에서는 물건을 만져 볼 수 없다. 그래서 이용하기가 꺼려진다.

접촉은 인간이 사물과 세계를 만나는 매우 근원적인 방식이다. 만남의 즐거움은 곧 접촉의 즐거움이다. 고양이를 예로 들어 생각해 보자. 고양이를 사진이나 영상으로 만나는 것과 고양이를 직접 보는 것은 전혀 다른 느낌을 준다. 만약 다른 느낌이 없다면 우리는 박물관에 가지도 않을 것이며, 전시회에 가지도 않을 것이고 또 여행도 하지 않아도 된다. 책이나 비디오로 보면 그만이다. 그러나 사람들은 직접 보려고 한다. 그것은 직접 봄으로써만 얻을 수 있는 교감이 있기 때문이다. 그런데 고양이를 눈으로만 보는 것과 손으로 만져 보는 것 역시 다른 느낌을 준다. 당연한 이야기지만 손으로 고양이를 한참 어루만지다 보면 우리는 눈으로 보는 것으로는 얻을 수 없는 깊은 교감을 얻게 된다. 사랑은 느낌이요 접촉이라는 대중가요의 노랫말도 있지만, 손을 잡고 서로 쓰다듬는 접촉의 행위는 사랑을 한층 깊게 만든다.

옛날 어느 절에서 있었던 이야기다. 청명한 가을날 스님들이 나와서 가을 햇살에 책을 펴서 말리는 일을 하고 있었다. 나이가 많은 주지스님도 나와서 책장을 한 장씩 넘기며 책 말리는 일을 거들었다. 이를 보고 젊은 스님들이 '일은 우리가 할 테니 스님은 들어가십시오'라고 말렸다. 이에 주지스님은 '가을볕에 잘 마른 책장을 직접 손으로 만져 보는 즐거움을 왜 빼앗으려고 하느냐'라고 하면서 계속 일을 했다. 그런가 하면 프랑스 현대 시인인 프랑시스 퐁쥬의 시 가운데, '왕은 손수 문을 여닫는 즐거움을 모르리'라는 구절이 있다. 항상 시종이 문을 열어 주고 닫아 주기 때문에 왕은 손잡이를 돌려서 문을 열고 닫는 접촉의 즐거움을 알지 못할 것이라는 말이다.

과학기술은 접촉의 세계를 접속의 세계로 변화시킨다. 이제 사람들은 접촉을 통하여 세상과 만나는 것이 아니라 접속을 통하여 만난다. 그러나 접속의 세계에는 접촉의 즐거움이 없다.

야구모자를 쓰는 사람들

언제부턴가 야구모자를 쓰고 다니는 사람들이 많아졌다. 특히 젊은이들이 야구모자를 잘 쓰고 다닌다. 대학 강의실에서도 야구모자를 쓴 채 수업을 받는 학생들이 있다. 몇 년 전에는 실내에서 모자를 쓰고 있으면 보기에도 이상하고 예의에도 어긋난 것이었는데, 그런 사람이 차츰 늘면서 아무렇지도 않게 되었다. 야구모자는 이제 젊은이들 사이에서 유행하는 하나의 패션이 되었다. 그것은 머리에 착용하는 하나의 장식물이지, 더이상 모자의 본래 기능을 가지지 않는 것처럼 보인다. 야구모자를 쓰는 젊은이들 가운데는, 모자를 뒤로 돌려쓰는 이들도 꽤 많다. 아마도 그것은 젊은이들 사이에서 자신의 문화적 소속감을 드러내려는 행위일 것이다. 이렇게 되면, 모자를 쓰는 행위는 자신이 멋있다고 생각하는 어떤 라이프 스타일에 소속되고 싶어하고 또 소속되어 있음을 현시하려는 욕구를 나타낸다. 나이 든 사람이 야구모자를 즐겨 쓴다면, 그는 자기 세대보다 젊은 세대에 가까운 생활감각을 지니고 있음을 은연중에 드러낸다고 할 수 있다.

야구모자는 사람들이 운동 등의 야외활동을 할 때, 가장 널리 쓰는 모자이다. 나 역시 야외 나들이를 갈 때, 야구모자를 가끔 쓴다. 그러나 현재 유행하는 야구모자는 스포츠 산업의 발달과 깊은 연관이 있는 것처럼 보인다. 야구모자는 야구선수뿐만 아니라 다른 종목의 운동선수들도 많이 쓴다. 야구모자를 쓰고 텔레비전 인터뷰하는 농구선수, 미식축구 선수, 테니스 선수 등을 우리는 자주 본다. 그럴 때, 야구모자는 모자라기보다 선전도구에 가깝다. 모자 그 자체보다 거기에 붙어 있는 마크가 의미를 지닌다. 유명 팀의 마크가 붙어 있다면, 그 모자는 그 팀을 선전하는 기능을 갖는다. 또 유명 스포츠용품 회사의 마크가 붙어 있다면, 그 모자는 그 회사를 선전하는 기능을 갖는다. 스포츠용품 회사들은, 유명 선수들에게 돈을 주고 자기 회사 마크가 찍힌 모자를 쓰고 텔레비전에 나가도록 한다. 운동선수들을 우상으로 여기는 젊은이들은 그들을 따라 야구모자를 즐겨 쓴다. 그렇지만 젊은이들은 자신이 엉뚱한 회사의 선전도구가 된다는 생각은 미처 하지 못한다. 야구모자의 유행도, 오늘날의 다른 여러 유행과 마찬가지로 대기업들의 상업적 전략에서 비롯된 것이다.

그런데 야구모자를 즐겨 쓰는 또 다른 부류의 사람들이 있다. 그들은 방송국 PD나 영화감독들이다. PD나 영화감독들은 한결같이 야구모자를 쓴다. 내가 아는 어떤 영화감독은, 영화감독이 되기 전에는 야구모자를 안 썼는데 지금은 늘 쓴다. 마치 지난날 화가나 도예가들이 빵떡모자를 쓰고 다녔듯이, 야구모자는 영화감독들의 신분증명서가 되었다. 이들이 야구모자를 쓰는 이유도, 젊은이들이 야구모자를 쓰는 이유와 크게 다르지 않다고 짐작된다. 그것은 어떤 집단에 대한 소속감을 외부에 과시하려는 것이다. 그러나 이러한 소속감의 과시는 때때로 자신감의 결여를 위장하는 수단이 되기도 한다. 다시 말해, 다른 사람들이 영화감독으로 존중해 주기를 바라는 마음의 표현이기도 하다. 다른 사람들이 영화감독으로 인정해주든 주지 않든 상관하지 않고 당당하게 자기 일을 할 수 있는 사람들이 많아졌으면 좋겠다. 특히 창조적인 작업을 하는 사람들이 관습이나 유행에 의존하는 것은 보기 좋은 일이 아니다. 자기만의 개성을 만들어 가는 멋진 사람들은 세상의 유행에 무임승차하지 않는다.

좋은 일 하기의 어려움

얼마 전, 내가 재직하는 학교에서 조그만 직책을 맡게 되었다. 그 직책은 현실적인 권한도 거의 없고 또 특별한 책임도 없는 것으로, 선생님들끼리 돌아가면서 맡아 왔다. 몇 가지 일들을 관례적으로 처리하면 되는 그런 직책이다.

그런데 그 직책을 맡고 보니, 평소 이런 것들을 고쳤으면 하고 생각했던 점들이 더욱 분명히 보였다. 오랫동안 관례적으로 답습되어 오던 몇 가지 일들이 현실에 맞지 않아 시급히 개선해야 할 필요가 있었고, 그 일을 하는 것이 나의 책임이라고 생각되었다. 그러나 다른 한편으로는, 관행을 고치는 일의 번거로움과 수고가 부담스러웠다. 답답한 사람이 우물 판다고, 누군가 답답하면 고칠 것을 굳이 내가 그 수고를 할 필요가 없을 듯하기도 했다. 나 혼자

먹을 우물도 아닌데, 왜 나 혼자서 파야 하는가 하는 이기심이 들었던 것이다. 뿐만 아니라 세상을 무난하고 조용하게 살기 위해서는 관행과 시속에 순응하며 조용히 시간만 보내는 것이 현명한 처세라는 생각도 들었다. 괜히 일을 벌이지 않고 조용히, 마치 없는 듯이 지내고 있으면, 세상 사람들이 나에 대하여 오히려 좋은 인상을 가지게 된다는 것을 나는 경험적으로 알고 있다. 흔히 '복지부동'이라고 겉으로는 비난하지만, 실제 현실에서는 복지부동이야말로 현명한 처세술이 아니던가!

그렇지만 내가 고치고자 하는 관행은 아무래도 시급히 고쳐야 할 것 같았다. 또한 그것을 고치는 일은 매우 간단하고, 나뿐만 아니라 그 일에 관련된 그 누구도 번거롭게 하지 않아도 될 일이었다. 뿐만 아니라, 주변의 몇 사람에게 의견을 물어 봐도 모두 찬성이었다. 쉽고 간단하게 고쳐질 수 있는 일이라는 생각이 들었고, 모든 사람들이 다 반길 일이라는 판단이 들었다. 그래서 나는 그 관행을 고치는 일에 착수했다. 간단한 노력으로 모두에게 이로운 일이라면 망설일 이유가 별로 없었던 것이다.

그러나 나의 예상은 빗나갔다. 막상 그 관행을 고치겠다고 나서니 의외의 어려움이 자꾸만 생겼다. 그 일과 관련된 모든 사람들에게 그 관행을 고쳐야 하는 이유를 설명해야 했고, 또 관련 부서의 협조를 얻어야만 했다. 이 과정에서, 사람들은 나의 취지에 적극 동감한다고 하면서도 관행을 고치는 데 대해서는 부담스러워했고 또 자기는 관여하기를 꺼렸다. 그리고 관련 부서에서는 오래 계속되어 오던 관행을 바꾸는 데 대해서 귀찮아했고 또 사소하나마 예상치 않던 일거리가 생긴 것에 대해서 싫어했다. 자꾸 복잡한 절차를 만들어 일을 어렵게 만들었다.

처음에 한두 장의 서류로 끝날 것으로 기대했던 일이 몇 번의 회의와 수십 번의 전화 통화와 면담 그리고 여러 부서로의 방문 설득이 요구되었다. 그런 과정을 할 수 없이 거치면서, 나는 매우 화가 났다. 어떤 경우에는 너무 화가 나서 언성을 높이기도 했다. 굳이 내가 안 해도 되는 일, 나에게는 이득이 돌아오지 않는 일, 모두에게 필요한 일을 하는데 이렇게 몸과 마음이 피곤해야 한다는 사실에 짜증이 났다. 다음부터는 절대 이런 일을 하지 말아야지 하는 생각도 들었다.

어려운 과정을 거쳐 그 관행은 고쳐졌다. 보람보다는 쓸쓸함이 느껴졌다. 오래 지속되어 오던 관행을 바꾸는 일이란 아무리 사소한 것이라도 어렵다는 사실을 다시 한번 깨달았다. 나는 손쉽게, 아무 수고도 하지 않고 좋은 일을 하려고 했다. 그것은 지나친 욕심이었다. 좋은 일 하기가 그리 쉽다면, 누구나 좋은 일을 할 수 있을 것이다. 그러면 그것은 별로 좋은 일도 아닐 것이다. 좋은 일을 하고자 하면서 그것이 쉽기를 바라는 마음이 잘못이었다. 좋은 일을 하려면 어려움을 감수해야 마땅하지 않겠는가라는 생각이 나의 씁쓸한 마음을 위로해 주었다.

돼지갈비집 아가씨

휴일 저녁, 식구들을 데리고 동네에 있는 돼지갈비집에 저녁을 먹으러 갔다. 지나다닐 때는 몰랐는데, 들어가 보니 제법 규모가 있고 활기찬 식당이다. 20대 초반쯤 되어 보이는 아가씨가 와서 주문을 받는다. 인상이 좋다. 표정이 밝고 친절하고 얼굴도 예쁘게 생겼다. 옷맵시도 도심의 젊은 아가씨처럼 세련된 편이다. 다만 몸집이 좋고 살이 쪘다는 점만이 돼지갈비집과 어울린다.

저녁을 먹으면서 관찰해 보니, 주문을 받고 고기를 구워주고 돈을 받기도 한다. 아가씨뿐만 아니라 그렇게 일하는 사람으로 나이든 아주머니와 아저씨도 있고 또 젊은 청년도 있다. 그들은 아마도 한 가족인 듯하다. 가족이 모두 식당에 나와서 일을 하는 모양이다. 가족이 함께 일하는 모습도 보기 좋지만, 세련된 아가씨가 돼지갈비집 종업원 일을 열심히 하는 모습은 더욱 보기 좋다. 패스트푸드점에서 일하는 아가씨들에서는 느낄 수 없는 편안함과 당당함을 지니고 있다. 만약 돼지갈비집이 장사가 잘되어 돈을 많이 번다면, 그 아가씨는 따로 돼지갈비집을 개점하여 돼지갈비집 여주인으로서의 삶을 살게 될지도 모른다.

입으로는 돼지고기를 씹고, 머리로는 이런 생각을 씹고 있는 동안, 문득 아가씨의 학벌이 궁금해진다. 대학교나 전문학교를 졸업했을 수도 있겠고, 고등학교만 다녔을 수도 있다. 어느 경우라도 그녀 역시 공부 때문에 고생스런 학창시절을 보냈을 것이다. 잘하면 잘하는 대로, 못하면 못하는 대로 고생스럽고 주눅드는 게 우리 교육의 현실이다. 선생과 부모의 꾸중도 많이 들었을 것이고, 하기 싫은 공부를 억지로 하는 체했을 것이고, 밤늦게 학원도 다녔을 것이고, 입시 때마다 홍역을 치렀을 것이다. 그런데 그렇게 고생스런 학업이 현재 저 아가씨의 삶에 무슨 소용이 있을까? 초등학교에서부터 고등학교, 대학교 때까지 어렵게 배운 지식들이 앞으로 저 아가씨의 삶에 어떤 도움을 줄 수 있을까? 방정식, 화학원소, 베르누이의 정리, 구개음화, 두음법칙, 수동태 문장, 십자군 전쟁, 둔전법 같은 지식들을 힘들게 공부한 것과 안 한 것이 차이가 있을까?

만약 아무런 차이도 없다고 한다면, 저 아가씨는 학창시절에 헛고생을 한 셈이고, 나아가 우리 나라의 보통교육은 잘못된 것이었다고 할 수 있다. 우리의 교육은 돼지갈비집 종업원으로 살아가는 데 아무 도움도 주지 못하는 것 같다. 그녀뿐만 아니라 우리 사회의 수많은 사람들은 학창시절에 배운 지식과는 아무런 상관없는 일을 하면서 살아간다. 그들의 삶과 역할은 우리 사회의 큰 부분을 차지한다. 그럼에도 불구하고 우리 사회는 모든 학생들에게 엄청난 지식을 습득하도록 강요한다. 나는 거꾸로 생각해 본다. 돼지갈비집에서 열심히 일하는 저 아가씨의 현재 삶에 도움이 되는 학창시절의 공부와 체험은 어떤 것일까? 자연과 생명에 대한 섬세한 감성, 아름다움에 대한 감각, 더불어 사는 삶에 대한 이해, 예술에 대한 감상능력, 예의 범절, 사회에 대한 기초적인 이해, 초보적인 수학적 능력, 건강과 재미를 위한 운동 같은 것들이 아닐까? 어려운 공식이나 이론을 공부하고 또 복잡한 지식을 암기하는 대신, 자기 손으로 식물을 길러보거나 아름다운 모형 집을 만들어 보는 편이 더 즐겁고 유익하지 않을까? 그렇게 되면, 돼지갈비집 아가씨는 식당을 보다 운치 있고 개성적으로 꾸밀 줄도 알게 되고 또 일을 마치고 멋진 취미생활도 즐기면서 삶을 풍요롭게 만들 수 있지 않을까? 휴일 날 텔레비전에 넋이 빠져 있는 대신, 자기 삶을 보다 문화적으로 만들어 갈 수 있지 않을까?

평범하고 성실하게 살아가는 대부분의 사람들에게 오늘날 한국의 보통교육은 무의미한 고생만을 뜻하는 것 같다. 학교공부는 제도와 입시를 위해서만 존재하고, 실제 삶의 감각을 가르치는 것은 텔레비전이나 대중문화라고 말해도 될 것 같다. 과연 학교에서 무엇을 가르쳐야 할 것인지 다시 한번 생각해 볼 일이다.

법과 제도에 의한 질서

　비교적 차가 적게 다니는 우리 동네 뒷길에 언젠가부터 횡단보도 표시가 그려졌다. 사람들은 적당히 주위를 살피며 횡단보도를 건너다녔다. 횡단보도 표시가 없을 때에는 아무 데로나 길을 건넜는데, 횡단보도 표시가 생기자 사람들은 몇 걸음 더 걸어서라도 횡단보도를 이용하여 길을 건너게 된 것이다. 그러던 것이 얼마 전에는 횡단보도에 신호등이 생겼다. 이제 사람들은 신호등의 명령에 따라 기다렸다가 길을 건너게 되었다. 여전히 차들이 많이 다니지는 않기 때문에 텅 빈 길에서 신호등이 바뀌기를 기다려야 할 때가 많다. 어떤 사람들은 신호등을 무시하고 길을 건너기도 한다. 그럴 때 사람들의 발걸음은 마치 나쁜 짓을 몰래 하듯이 걸음이 불안스레 빠르다.

　우리 동네의 산자락에는 큰 호텔이 있다. 비교적 넓은 터에 자리잡고 있어서 주차하기가 편리하다. 그래서 주차관리도 하는 듯 마는 듯하고, 또 아무나 차를 주차시킬 수 있다. 주차하기가 편리하여 지나가다가 화장실에 가고 싶으면, 호텔의 화장실을 이용하기도 했다. 그러던 것이 이제는 주차차단기가 설치되고 주차요금을 받기 시작했다. 그래서 호텔에 가려면 주차차단기를 통과해야 하고 또 주차카드를 받아야 한다. 나올 때도 같은 과정을 거쳐야 한다. 뿐만 아니라 전에는 빈자리에 대충 차를 세워도 됐는데, 이제는 하얗게 칠해진 주차구역 안에 차를 가두어 둬야 한다. 그래서 호텔의 화장실을 이용하기가 어렵게 되었다.

역시 우리 동네의 이야기다. 어떤 은행이 새로 조그만 점포를 개점했다. 상가도 별로 없는 곳이니 이용객이라고는 동네 사람 정도인 듯, 갈 때마다 한가했다. 대개의 경우는 은행 직원이 손님을 기다렸지 손님이 자기 차례를 기다리는 일은 별로 없었다. 그러던 것이 얼마 전부터는 손님이 많아졌고, 은행이 분주해졌다. 그러자 은행에서는 번호표 기계를 설치했다. 이제 그 은행에 가면, 번호표를 받아들고 의자에서 기다려야 한다. 마치 내 집처럼 친근하던 은행이 이제는 큰 관공서처럼 서먹서먹해져 버렸다.

신호등, 주차차단기, 번호표 등은 물론 질서를 위한 것이다. 흔히 말하듯이 질서란 편리하고 아름다운 것이다. 질서는 존중되어야 한다. 그러나 질서라는 것이 무조건 좋은 것만은 아니다. 특히 그 질서가 제도나 법에 의한 질서일 경우에 그러하다. 법이나 제도에 의한 질서는 뒤집어서 말하면 하나의 제약이요, 금기이다. 질서란 마음대로 하고 편한대로 하는 것이 아니라 참고 양보하거나 포기하라는 것이다. 어떤 상황이 사람들의 요구를 다 충족시키지 못할 지경이 되면 자연히 혼란이 발생한다. 혼란은 대다수의 사람들에게 더 큰 불편과 손해를 끼친다. 이것을 방지하기 위해서 질서가 필요하게 되는 것이다. 즉, 법과 제도에 의한 질서란 혼란을 방지하기 위한 차선책이라고 할 수 있다.

만약 혼란이 없다면, 질서를 위한 법과 제도는 없을수록 더 바람직하다. 한가로운 시골길에는 횡단보도와 신호등이 없는 편이 더 좋다. 주차차단기가 없는 주차장이 더 좋으며, 번호표를 받지 않아도 되는 은행이 더 좋다. 그런데도 사람들은 때때로 질서를 위한 법과 제도를 많이 만들수록 더 좋다고 생각하는 경향이 있다. 그런가 하면 스스로의 양식과 상식으로 자연스레 혼란을 줄이려고 하는 노력보다는 무조건 법과 제도에 의한 질서에 의지하려는 경향이 있다. 우리가 평소에 타인을 배려하고 상식적인 생활 태도를 지닌다면, 법과 제도에 의한 질서에 보다 적게 의존하고서도 편안한 사회를 만들어 갈 수 있을 것이다.

영화의 위력

태풍도 위험하고 미국도 위험하고 원자탄도 위험하고 방송국도 위험하다. 그래서 큰 힘을 가진 것들은, 그 큰 힘이 함부로 작용하지 않도록 잘 조절되고 관리되고 억제되어야 한다.

너무 큰 힘을 가져서 위험한 것 중에는 영화도 포함된다. 20세기 초반에 이미 아놀드 하우저라는 저명한 학자는 『문학과 예술의 사회사』라는 책의 말미에서 영화의 위력을 예견하였다. 그는 서구 예술사를 기술하는 마지막 자리에서 앞으로 영화라는 종합예술이 크게 발전하여 다른 모든 예술 장르를 압도할 것이라고 했다. 오늘날 하우저의 예견은 절반쯤 맞고 절반쯤 틀렸다고 할 수 있다. 영화가 크게 발전하여 위력을 떨칠 것이라는 예견은 맞았지만, 영화가 최고의 예술 장르가 될 것이라는 예견은 틀렸다. 오늘날의

영화는, 하우저의 예상과는 달리 저급하고 상업적인 대중문화로서 번창하고 있기 때문이다

영화의 환상적인 영상, 자극적인 음향 그리고 충격적인 줄거리는 보는 사람의 혼을 빼앗는다. 실제 세상의 어떤 체험도 영화 속의 체험만큼 강렬하거나 매혹적이지 못하다. 그래서 사람들은 영화관, 비디오, 텔레비전 등을 통하여 영화에 빠져든다. 이제 영화는 사람들이 가장 많이 소비하는 문화 상품이 되었다. 특히 젊은이들의 영화에 대한 선호는 폭발적이다. 그런 만큼 영화의 위력도 폭발적이다.

아마도 오늘날 젊은이들의 가장 큰 선생은 영화가 아닌가 한다. 그들은 영화 속에서 세상을 배우고 체험한다. 또 그들은 영화를 통해서 미적 감각과 정서를 형성해 나간다. 뿐만 아니라 가치 판단의 기준도 습득한다. 영화 〈주유소 습격사건〉을 보고 실제로 몇몇 젊은이들이 주유소를 습격한 사건이 있었다. 그러나 그런 일들은 예외적인 것이므로 큰 문제가 아닐 수도 있다. 오히려 큰 문제는 겉으로 드러나지 않는 영향이다. 즉 대다수의 젊은이들의 심성이나 인격의 형성에 미치는 영화의 영향이다. 영화는 실생활의 체험보다, 학교의 가르침보다, 자연의 질서보다 젊은이들의 정신적 성장에 더 큰 영향을 미치고 있다.

이처럼 영화는 젊은이들과 대중들의 큰 선생이 되었다. 더욱이 상업성의 요구는 영화로 하여금 점점 더 폭력적이고 선정적인 흥미를 추구하도록 만든다. 또 도발과 전복과 변태로 이끌고 간다. 그래서 영화는 선생이긴 하되, 아주 위험하고 신뢰할 수 없는 선생이 되고 있다. 우리는 폭력과 선정, 전복과 변태를 예사로 찬양하고 가르치는 이 영화라는 위험한 선생을 어떻게 할 것인가?

한편 기존 질서에 대한 도발과 전복은 예술의 한 기능이기도 하다. 예술은 어떤 면에서 기존 질서를 위태롭게 만듦으로써 인간의 자유와 해방에 기여한다. 그런 점에서 모든 전복과 변태는 나름대로의 사회적 기능을 한다. 어떠한 반사회적, 파괴적 내용을 지닌 영화도 나름대로 변명의 여지는 있다. 이것은 표현의 자유가 보장되어야 하는 이유이기도 하다. 그래서 불쾌한 영화 〈거짓말〉을 공권력으로 혼내 주려는 생각도 어리석은 것이다.

우리는 영화가 위험한 것이라 해서 그것을 철창에 가둘 수도 없고, 외딴 섬으로 유배시킬 수도 없다. 우리는 영화의 위력을 외면할 수도 없고 영화의 위험성을 폭탄 제거하듯이 제거할 수도 없다. 우리가 할 수 있는 일은 영화의 위력과 위험성을 잘 알고 그것에 대비하는 일 뿐이다. 가장 좋은 대비책, 거의 유일한 대비책은 우리 사회가 영화에 대한 비판 능력을 키우는 일이다. 여기에는 특히 전문가들의 역할이 중요하다. 전문가들이 좋은 영화와 나쁜 영화를 진지하게 구분해 주어야 한다. 그래서 〈주유소 습격사건〉이나 〈거짓말〉 같은 영화가 저절로 뒷골목으로 숨어들고 사람들로부터 외면당하도록 만들어야 한다. 좋은 영화와 나쁜 영화를 잘 구분하는 일은, 선거에서 좋은 정치인을 뽑는 일 이상으로 중요한 일이다.

청바지와 힙합바지

　며칠 전 가족 외출을 하는데 보니, 아이의 바지가 헐렁할 뿐만 아니라 땅에 끌린다. 정도가 그리 심하지는 않지만 그래도 요즘 청소년들 사이에서 유행하는 힙합바지 비슷하다. 예전에도 그런 바지를 입고 싶다고 해서 내가 핀잔을 준 적이 있었는데, 그동안 나 모르는 사이에 엄마를 졸라 그런 바지를 하나 산 모양이다.

　내가 그런 바지를 못 입게 하니, 아이는 친구들이 다 입는데 자기는 왜 안 되냐고 따진다. 아무래도 단정치 않다거나 아니면 보기 싫다는 이유만으로는 설득이 안 될 것 같다. 그래서 옷이 땅에 끌리면 매우 불결하다는 이유를 내세웠다. 거리의 온갖 더러운 것들을 쓸고 다닌 바지를 몸에 걸치고 있다는 사실, 그리고 그런 바지를 방 안에서도 입게 된다는 사실을 상기시켜 주었다. 아이는 그것의 불결함에 대해서 수긍했다. 그래서 바지가 땅에 끌리지는 않도록 하겠다고 약속했다.

마치 삼촌의 옷을 빌려 입은 것처럼 헐렁한 셔츠와 헐렁한 바지 그리고 거꾸로 쓴 야구모자와 요란하고 커다란 운동화, 여기다 농구공이나 보드를 옆구리에 끼고 있는 모습이 요즘 아이들의 문화적 모델인 듯하다. 이것은 미국 대도시 빈민가의 흑인이나 히스페닉 젊은이들의 스타일에서 시작된 힙합문화의 일부라고 할 수 있다. 사회에 대한 그들의 소외감과 저항감과 울분 그리고 일탈적 욕구가 담긴 하위문화가 대중문화로 일반화된 것이다.

어른들의 눈에는 이런 상스러운 문화가 좋게 보일 리 없다. 그렇지만 지금의 어른들도 삼십 년 전에는 히피문화를 동경하면서 당시 기성세대들과 심한 갈등을 일으켰다. 히피가 아니라 하더라도 많은 젊은이들 사이에서 장발과 청바지가 유행했었고, 기성세대들은 길거리에 가위를 들고 서서 젊은이들의 장발을 자르기도 했다. 삼십 년 전 기성세대들은, 모든 기성의 가치와 제도와 질서에 극단적으로 저항하며 히피문화에 탐닉하는 젊은 세대들의 미래에 대해서 크게 우려했었다. 그렇지만 오늘날 그 젊은이들이 기성세대가 되어 세상을 이끌고 있다. 미국 대통령 클린턴이 바로 히피세대이지만, 역대 어느 대통령보다 성공적으로 대통령직을 수행하고 있다.

히피문화와 힙합문화, 더 좁혀서 장발과 힙합바지를 비교해 보면, 전자의 일탈성과 충격이 훨씬 더 크고 따라서 기성세대들의 거부감도 훨씬 심했다. 히피문화는 마약에까지 탐닉하였으니 그에 비하면 요즘 젊은이들의 문화는 오히려 온건하다고 하겠다. 이런 점에서, 삼십 년 전 어른들의 말을 안 듣고 장발을 하고 다녔던 사람이 이제 자기 자식들에게 힙합바지를 못 입게 하는 것은 정당성이 부족할 수도 있다. 또는, 세대간의 갈등이란 늘 그런 식으로 존재하는 것이라고 생각할 수도 있다. 어쨌든 청소년들이 상스러운 힙합문화에 탐닉한다고 해서 그들의 미래나 사회의 미래에 대해 크게 우려할 필요는 없을 듯하다.

그러나 한 가지 심각하게 고려해야 할 점이 따로 있다. 그것은 젊은이들의 문화가 더이상 하위문화나 저항문화의 성격을 띠지 못한다는 사실이다. 오늘날에는 상위문화와 하위문화 또는 기성문화와 저항문화 사이에 긴장이 없다. 모든 문화는 상업대중문화일 뿐이다. 힙합문화 역시 그 출발은 일탈성과 저항성이었을지 몰라도, 그것이 대중화되는 순간 상업적으로 양산되는 상품에 그치고 만다. 노래도 그러하고 패션도 그러하다. 힙합바지로 말하자면, 바지 살 돈이 없어 입었던 몸에 맞지도 않은 바지가 첨단 패션의 아주 값비싼 바지로 둔갑을 한 것이다.

모든 문화가 다 상업적으로 조작되는 시대에, 젊은이들의 문화도 더이상 젊은이들의 것이 아니다. 젊은이들의 소비를 겨냥해서 만든 상업적 문화를 젊은이들이 따라가는 것일 뿐이다. 오늘날 상업대중문화의 가장 큰 소비층은 청소년들이고, 그런만큼 그들의 욕망을 부추기는 상업적 전략이 횡행한다. 이런 점을 생각한다면, 오늘날의 기성세대들이 걱정해야 할 것은 아이들의 힙합바지가 아니다. 참으로 걱정스러운 것은, 우리 청소년들이 자기도 모르게 소비문화의 노예가 되어간다는 사실, 또 우리 사회가 그것을 부추기고 있다는 사실일 것이다.

너 자식을 알라

연극원 교수로 있는 한 선생님이 전화를 했다. 학생들의 연극공
연이 있으니 한번 와서 보고, 또 오랜만에 얼굴도 보자는 것이다.
연극은 에우리피데스 원작의 〈구름〉을 우리 현실에 맞게 각색한
작품이었다. 젊은 학생들이 힘을 모아 만든 작품답게, 재치도 있
고 발랄하고 힘이 넘쳤다. 내용은 대강 이런 것이다. 자식 때문에
많은 빚을 진 어떤 사람이 빚 때문에 고소당할 위기에 처하자 고
민에 빠진다. 궤변을 배우면 어떤 논쟁에도 이길 수 있다는 소리
를 듣고, 재판에서 이기기 위하여 궤변을 배우게 된다. 궤변을 가
르치는 학원의 원장은, 우리가 잘 아는 철학자 소크라테스이다.
(소크라테스는 궤변가가 아니지만, 작품 속에서는 궤변가의 우두
머리로 나온다.) 그러나 그 사람은 나이가 많아 공부에 진전이 없

다. 그래서 아들을 설득하여 궤변을 배우게 만들고, 마침내는 궤변을 배운 아들 덕분에 재판에서 이겨 빚으로부터 해방된다. 그러나 그 이후로 아들은 온갖 궤변으로 아버지를 괴롭히기 시작한다. 그 사람은 궤변의 덕분으로 빚을 안 갚게 되었지만, 그 대신 자식으로부터 더 큰 고통을 당하게 된 것이다.

이 작품은 그럴 듯한 거짓말이 진실을 호도하고 득세하는 우리네 세태를 풍자한 희극이다. 그런만큼 재치 있는 말장난이 작품의 주된 재미로서 웃음을 선사한다. 그중에서 특히 기억에 남는 말장난이 하나 있다. 주인공이 자신은 머리가 굳어 더이상 배울 수 없으니 똑똑한 자기 자식을 데려올테니 그에게 궤변을 가르쳐 달라고 부탁한다. 그러자 궤변을 가르치는 스승인 소크라테스는 '너 자식을 알라'고 일침을 놓는다. 이 말은 물론 소크라테스의 명언 '너 자신을 알라'를 가지고 말장난한 것이다. 그렇지만 '너 자식을 알라'라는 말은 또 하나의 명언이 되기에 충분한 것이 아닌가 한다.

생각해 보면, 자기 자신에 대해서 잘 알기보다 더 어려운 일이 자기 자식에 대해서 잘 아는 것이다. 모든 일에 사려 깊고 냉철한 사람들도 자기 자식에 대해서만은 잘못 판단하는 경우를 너무나 자주 본다. 예전에 전직 대통령의 아들이 공무에 깊숙이 관여하고 부정에 연루되어 구속되었던 사건이 있었다. 구속된 본인에게도 문제가 있었고, 또 우리 나라의 비정상적인 정치 풍토에도 문제가 있었겠지만, 아들을 잘못 판단한 대통령에게서 문제의 근원을 생각해 볼 수 있다. 그뿐 아니라 아들을 믿고 자신의 사업을 아들에게 맡겼다가 일대의 유업을 하루아침에 망친 사례는 수없이 많다.

세상의 모든 부모는 자기 자식에 대해서 환상을 가지고 있는 것이 인지상정(人之常情)인 것 같다. 대부분의 부모, 특히 핵가족을 이루고 있는 젊은 부모들은 자기 자식이 최고라고 생각한다. 자기 자식의 재능을 과신하고 분수에 넘치는 공부를 자식에게 강요하다가 오히려 자식이 부모의 기대를 견디지 못하여 빗나가는 경우도 많다. 그런가 하면, 자식이 집 밖에서 어떤 짓을 하고 다니는지 제대로 모르고 있다가 뜻밖의 사건으로 자식의 참모습을 대면하고 충격을 받는 부모들도 많다. 사랑을 하면 색안경을 끼게 된다는 말이 있지만, 자식 사랑만큼 짙은 색안경도 없을 것 같다.

자기 자신을 아는 사람은 훌륭한 사람이다. 그러나 자기 자신을 아는 사람이라도 자기 자식에 대해서는 그 참모습을 냉정하게 알기 어렵다. 자기 자식의 평범성과 부족함까지도 냉정하게 알아볼 수 있는 사람은 참으로 지혜로운 사람일 것이다. 그런 점에서 '너 자식을 알라'라는 말은 두고두고 기억할 만한 명언이다.

가격파괴가 파괴하는 것

언제부턴가 가격파괴라는 말이 유행하고 있다. 우리 경제의 거품 빼기와 발 맞추어 상품 가격에서도 거품을 빼는 소위 가격파괴는 소비자의 입장에서 보면 일단 반길 만한 일이다. 거품을 빼고 상품 가격을 정상적으로 돌리는 것은 가격파괴가 아니라 가격 정상화라고 불러야 하겠지만, 사람들은 파괴라는 극단적인 말을 즐겨 사용하는 것 같고, 또 한편으로는 정상화가 아니라 파괴라고 할 만큼 싼 경우도 종종 있는 듯하다.

소비자로서는 가격이 싸면 쌀수록 좋다. 그래서 사람들은 가격이 보다 싼 가게로 몰린다. 대형 할인점들이 성장을 거듭하고 있다. 동일한 물건이라면 보다 싼 가격에 사는 것을 마다할 사람은 없을 것이다. 그러나 가격파괴가 무조건 좋은 일만은 아닌 듯하다. 가격파괴가 파괴하는 어떤 소중한 가치가 있는 것 같다.

꽤 오래전의 일이다. 비디오 대여점들이 우후죽순처럼 이 골목 저 골목에 마구 생길 때의 일이다. 우리 동네에 〈으뜸과 버금〉이라는 비디오가게가 생겼다. 그 비디오가게는 상호와 간판부터 여느 비디오가게와는 달랐지만, 가게의 분위기와 스타일은 더욱 독특했다. 그 당시로서는 선구적으로 컴퓨터를 통한 고객관리를 하였으며, 비디오 자료도 컴퓨터에 정리되어 있어서 내가 찾는 비디오를 말하면 쉽게 찾아주었다. 그리고 무엇보다 호감이 간 것은, 수준 높은 명화들의 비디오가 많았던 것이다. 동네 비디오가게에서는 찾을 수 없는 명화도 곧잘 구비되어 있었고, 내가 찾는 영화가 없는 경우에는 메모를 해 두었다가 다른 곳에서 구해서 빌려주기도 했다. 또 매주 비디오 소식지를 발간하여, 비디오에 대한 정보 제공 및 감상의 길잡이 구실을 해주기도 했다. 한마디로 말해서 그 비디오가게는 우리 동네의 비디오 문화를 선도하는 문화기관과 같다는 느낌을 주었고, 그래서 그 가게에서 서성거리는 일이 자랑스럽고도 즐거웠다. 그리고 대여료도 다른 가게보다 훨씬 비싸고 또 대출기한을 넘기면 컴퓨터에 기록되어 나중에 불이익을 받게 되어 있었다. 그러나 이런 점들도 어떤 품위 있는 문화적 질서의 일부인 것처럼 생각되었다.

이와는 달리, 동네의 골목 비디오가게들은 이상하게도 불륜과 퇴폐의 냄새가 난다. 그곳에서 비디오를 고르느라 서성이고 있으면, 내가 꼭 유치한 에로필름을 몰래 골라 보는 것처럼 뒤가 캥긴다. 그곳에는 최신 영화비디오, 에로비디오, 무협영화비디오가 주종을 이룬다. 명화를 빌리러 갈 곳이 못 된다. 그곳에서 빌리면 대출기한이 좀 지나도 대개는 상관치 아니하고, 대여료도 파격적으로 싸다. 조그만 쪽문 안쪽이 주인의 살림방이라는 점도 눈살을 찌푸리게 한다. 이런 곳들은 문화공간이라고 말할 수 없을 것 같다.

그런데 어느 날 〈으뜸과 버금〉의 주인이 바뀌고, 비디오 가게의 상호와 분위기도 완전히 바뀌어 버렸다. 가게 유리창에는 커다랗게 '대여료 500원'이라고 적혀 있었다. 동네 비디오 가게들이 가격을 파괴하여 오백원으로 낮추자, 〈으뜸과 버금〉은 마침내 가격경쟁에서 버텨 내지 못하고 문을 닫아 버린 것이다. 비디오 한편을 오백원으로 보려는 사람들은 야만스럽다. 아마도 그들이 보는 비디오들은 모두 오백원의 가치밖에 없는 천박한 내용일 것이다. 그렇지 않고 좋은 비디오를 빌려 본다면, 오백원이 아니라 이천원을 내는 것이 당연하다. 가격파괴는 어떤 면에서 문화를 파괴하고, 소중한 가치들을 파괴한다. 오천원짜리 비디오 가게가 있었으면 좋겠다. 오백원짜리 열 편 보는 것보다 오천원짜리 한 편 보는 것이 시간도 절약되고 훨씬 좋은 문화적 체험을 하는 것일 가능성이 많다. 좋은 것을 사랑하는 자들은 좀 비싸게 놀자.

'우리 것'에 대한 단상

여러 사람들과 외국 여행을 해 보면 유난히 음식 고생을 하는 사람들이 많다. 그래서 외국에 있는 한국식당을 어쩔 수 없이 찾게 된다. 그러나 나는 외국에 여행 와서까지 한국식당에서 밥을 먹어야 하는 것이 탐탁지 않다. 그 이유는 세 가지다. 첫째, 이왕 외국의 문물을 체험하기 위해서 여행을 떠났으면, 그곳의 색다른 음식들을 맛보는 것도 소중한 체험이 아닌가 한다. 그 나라의 음식에는 그 나라의 문화적 특성이 잘 반영되어 있다고 말할 수 있을 것이다. 둘째, 외국에 있는 한국식당의 음식은 순수한 한국음식이 아닌 것 같다. 지금까지 꽤 여러 나라의 한국음식점에 가 보았지만, 모두가 이상하게 변질된 한국의 맛을 보여 주었다. 그래서 입맛에 맞지 않아 식사를 하다가 만 경우도 여러 번 있다. 셋째, 식당 분위기가 한결같이 거부감을 준다. 내가 가 본 외국의 한국식당은 거의가 어둡고, 좁고, 구질구질한 느낌을 주었다. 한복 입은 인형, 창호지문, 플라스틱 호박넝쿨, 서까래와 기와지붕의 이미테이션 등이 조금도 세련되지 못한 채 조잡하고 무질서하게 실내를 장식하고 있음을 볼 때, 나는 내가 문화적 후진국의 국민이라는 느낌을 받는다.

이러한 세 가지 이유 가운데서도 특히 나를 불편하게 만드는 것은 세 번째 이유이다. 왜 한국음식점은 세련되고 품위 있는 문화적 분위기를 보여 주지 못하는 것일까? 한국 음식 자체는 매우 독특하다. 그것은 한국 문화가 독자성을 지녔음을 확인시켜 줄 만하다. 그래서 외국인들에게 한국 음식을 소개하는 것은 한국 문화의 개성을 알리는 좋은 방법이 될 수 있다. 그러나 나는 외국의 한국식당에 외국 사람을 데려가고 싶지 않다. 식당 분위기의 조잡함 때문이다. 음식 문화란 음식뿐만 아니라 음식을 먹는 공간과 과정을 모두 포괄한다. 식당의 분위기, 실내장식, 여러 가지 그릇의 모양과 배열, 음식을 먹는 절차 등이 합쳐져서 하나의 음식 문화가 된다. 그래서 음식 문화는 한 나라의 문화를 집약하고 있다고 말할 수가 있는 것이다. 그렇다면 외국의 한국음식점들은 우리 문화의 독자성과 매력을 외국에 선전하는 역할을 할 수 있다. 독특한

맛의 음식과 세련된 식당분위기를 체험한 외국인이라면 한국 문화에 대해서 좋은 인상과 더 많은 관심을 가지게 될 것이다. 그러나 현재 외국의 한국식당으로는 외국인들에게 한국 문화에 대한 좋지 않은 인상만을 줄 것 같다.

우리 나라 사람들은 유난하게 '우리 것'에 대한 집착이 강하다. 그러나 우리 나라 사람들의 '우리 것'에 대한 집착에는 이해할 수 없는 면이 있다. 우리는 한편으로 '우리 것'에 대한 과도한 집착을 보이면서 또 다른 한편으로는 '우리 것'을 너무나 하찮게 생각하는 경향이 있다. 어떨 때는 '우리 것'을 싫어하는 사람을 매국노처럼 취급하다가도 또 어떨 때는 '우리 것'을 스스로 비하하고 무조건 외국 것을 선호하고 그것이 문화적 세련인 것처럼 생각한다. '우리 것'에 대해서도 외국 사람들이 좋다고 해야 좋은 줄 아는 분위기는 아직도 강하다. 그런가 하면, '우리 것'을 토속적이고 민속적인 것으로만 생각하는 경향도 이해할 수 없다. 토속적인 것은 물론 우리 문화의 중요한 일부이다. 그러나 토속적이고 민속적인 것은 문명 이전의 것으로 어떤 야만의 집단들도 나름대로 가지고 있는 것이다. 우리가 오천 년의 찬란한 문화유산을 가졌다면, 그것은 토속적이고 민속적인 것만을 뜻하지는 않는다. 오히려 그보다는 고급하고 세련된 문화의 전통을 뜻한다. 통나무 탁자와 바가지와 메뉴를 적은 주걱과 조잡한 물레방아 같은 것으로 꾸며진 민속주점이 우리의 전통문화를 대표할 수는 없다. 또 거친 꽹과리 소리가 우리 전통 음악을 대표할 수도 없다. '우리 것'에 대한 우리의 태도가 문화적 세련을 보여 주지 못한다면, '우리 것'에 대한 우리의 사랑은 아무 의미도 없다고 말하고 싶다.

종이에 대하여

오늘날 종이는 우리 주변에서 아주 흔한 것 중의 하나가 되었다. 너무 흔한 것이 되어서, 종이가 귀하고 소중한 것이라는 생각은 아무도 하지 않는 것 같다. 그렇지만 내가 어릴 때만 해도 종이는 아주 귀하고 소중한 것이었다. 아버지께서 직장에서 사용한 종이를 가져오면, 그것을 묶어서 연습장으로 사용했다. 푸줏간에서는 종이가 아니라 나무를 아주 얇게 썬 것으로 고기를 싸 주었다. 그 당시에 비교적 흔했던 종이는 신문지였는데, 그것도 사람들은 소중하게 다루었다. 신문을 보고 나면 그 신문지를 잘 접어 보관해 두었다가 벽지로 바르기도 하고, 또 잘게 잘라서 화장실용으로 사용하기도 했다. 책이나 공책들도 대개는 누런 재생지였으므로, 하얀 종이는 아주 고급스런 것이었다. 물건이 들었던 종이상자는 당장 쓸모가 없어도 함부로 버리지 못하고 모아 두었다. 옛날 사람들처럼 종이가 없어서 모래땅에 글씨공부를 한 것은 아니지만, 그래도 빈 여백이 남아 있는 공책을 다 썼다고 버리면 어른들에게 혼이 나곤 했다.

그런데 어느 때부턴가 종이가 아주 흔한 세상이 되었다. 공중변소에도 하얀 화장지가 마음대로 쓰도록 걸려 있고, 길거리에도 광고지들이 쌓여 있다. 학교 건물의 현관에도 각종 신문과 광고지들이 쌓여 있다. 이제 종이는 길거리의 돌멩이처럼 아무도 가져갈 생각을 않는 것이 되었다. 아마 이십 년 전이라면, 그런 광고지들은 서로 가져가려고 했을 것이다.

내 사무실에서도 종이 쓰레기가 엄청나게 나온다. 각종 불필요한 유인물과 편지들과 봉투들 그리고 시험지와 포장지 등이 며칠만 지나도 한 박스가 넘는다. 일간 신문도 두꺼워져서 며칠 분만 모아도 한 짐이 된다. 처음에는 좀 모아 두다가도 며칠 지나면 너무 많이 쌓여서 결국 버리게 된다. 상품들의 포장에서도 종이 낭비는 심각하다.

컴퓨터가 보편화되면서, 종이 없는 사무실이 될 것이라는 예상들을 한다. 즉 모든 서류를 컴퓨터로 처리하기 때문에 종이는 불필요해진다는 것이다. 그렇지만 컴퓨터는 실질적으로 종이의 낭비를 오히려 부추긴다. 학교에 있어 보면, 컴퓨터 용지의 사용은 엄청나다. 꼭 프린트하지 않아도 될 것들도 너무 쉽게 프린트하고 또 버린다. 복사기도 마찬가지다. 복사기 사용이 보편화되면서 종이 아까운 줄 모르고 툭하면 복사를 한다. 아마도 컴퓨터와 복사기는 종이 소비를 엄청나게 증대시켰을 것이다. 뿐만 아니라 컴퓨터와 복사기에서 사용하는 종이는 매우 고급 종이다. 펄프도 많이 들 뿐만 아니라, 표백처리된 것이기 때문에 그것의 생산은 많은 공해를 유발한다. 그런데도 사람들은 컴퓨터와 복사기를 사용할 때 종이가 아깝다는 생각은 거의 하지 않는다. 학생들이 일회용으로 내는 리포트나 발표용지들을 보면, 고급 종이를 너무 많이 낭비한다는 생각이 든다.

종이의 원료는 나무다. 즉 종이의 사용은 산림의 훼손이다. 10억 인도사람과 13억 중국사람들이 서울사람들과 같이 생활한다면, 즉 모두 신문을 구독하고 또 화장실에서 화장지를 사용하게 된다면 지구 위의 산림은 몇 년 안에 모두 없어질 것이라고 말하는 사람도 있다. 근대 이전까지 종이를 사용할 수 있었던 사람은 극소수에 불과했다. 종이는 학식이었으며 비밀이었고 권력이었고 두려움이었다. 하얀 종이를 글자나 그림으로 채우는 일은 신성한 일이었다. 그러나 이제 종이의 신성함도 종이에 대한 두려움도 사라졌다. 아무도 하얀 종이의 순수함에 대해서 경건한 마음을 갖지 않는다. 지금 이 순간, 나는 그리고 당신은 하얀 종이의 순수함을 겁도 없이 마구 훼손하고 있는 것은 아닌가?

도주거리와 위기거리

동물들의 행태를 잘 들여다보면, 인간의 이해에 많은 도움을 얻을 뿐만 아니라 인간 사회를 살아가는 지혜도 얻는다. 우리가 어릴 때 읽었던 『파브르 곤충기』나 『시이튼 동물기』 같은 책은, 곤충이나 동물에 관한 책이지만 그보다는 인간 사회와 세상을 이해시켜 주는 책이기도 하다. 동물들의 행동을 연구한 콘라드나 윌슨 또는 데스몬드 모리스의 책들은 보다 직접적으로 인간 사회를 설명해 준다. 동물과 다른 점을 밝힘으로써 인간에 대한 이해를 높일 수도 있지만 동물과 같은 점에 주목함으로써도 인간에 대한 이해를 높일 수 있다.

모든 동물은, 특히 체구가 큰 포유류는 우세한 적과 만났을 때, 적이 어떤 일정한 거리 안으로 접근해 오면 즉시 도망을 친다. 학자들은 이 거리를 '도주거리'라고 말한다. 이 도주거리의 크기는 그 동물이 적을 얼마나 무서워하느냐 하는데 따라서 또는 도주의 능력에 따라서 그 정도가 달라진다. 동물들은 이 도주거리 안으로 다른 큰 동물이 들어오면 어김없이 도망친다. 그러니까 이 도주거리는 적이 공격해 왔을 때 도망칠 수 있는 여유가 있는 거리라고 할 수 있다.

그렇지만 다른 위협적인 동물이 도주거리보다 훨씬 가깝게 접근했을 때, 동물들은 더이상 도망치지 않는다. 즉 도망칠 수 있는 기회를 놓쳤다고 판단하는 것이다. 도망을 치는 대신 그 동물은 적에게 대항한다. 도망을 포기할 수밖에 없는 이 짧은 거리를 '위기거리'라고 한다. 다른 위협적인 동물이 자기도 모르게 너무 가까이 왔거나 아니면 너이상 도망칠 곳이 없어졌을 때, 이 위기거리는 발생한다. 위기거리에 몰린 동물의 대항은 매우 격렬하다. 다시 말해 죽기 아니면 까무러치기로 대항한다. 실제로 그냥 잡혀 먹이가 되거나 싸움에 져서 죽거나 마찬가지이기 때문이다.

이 '도주거리'와 '위기거리'는 인간 사회에도 적용될 수 있다. 사람들은 어려운 일에 봉착했을 때, 피할 수만 있다면 피하고자 한다. 쓸데없이 만용을 부리는 경우도 때론 있겠지만, 아주 심각한 난관이라면 될 수 있는 한 그것을 피하고자 한다. 아주 괴로운 일은 부닥치지 않는 것이 최선이라는 것은 동물에게나 사람에게나 다 진실이다. 그러나 도저히 피할 수 없는 어려운 일에 봉착하게 되면 사람들도 할 수 없이 그 일에 적극적으로 대응하게 된다. 때로는 앞뒤 가리지 않고 목숨 걸고 대항하는 경우도 있다. 그래서 위기거리 안에서는 양쪽이 다 위기감을 느끼게 된다.

인간 사회의 심각한 갈등을 다룬 소설들을 보면 이러한 사실이 잘 드러난다. 최서해의 『홍염』이라는 소설에서 문서방은 착취와 학대 아래서도 묵묵히 참다가 아내와 딸을 잃게 되자 불을 지르고 살인까지 하게 된다. 또 김정한이 쓴 『사하촌』이라는 소설에서도 보광리 농민들은 절의 착취와 억압을 말없이 견디는 착한 사람들이었으나 위기거리 안으로 몰리자 모두 횃불과 쇠스랑을 들고 봉기하게 된다. 비극적인 결말이나 살벌한 결말을 보여 주는 거의 대부분의 소설들은 위기거리 안으로 몰린 사람들의 모습을 보여 준다고 말할 수 있다.

예로부터 병법에 능했던 현자들은 모두 싸우지 않고 이기는 것을 최선으로 삼았고, 도주하는 적을 악착같이 쫓지 말라고 했다. 그리고 도둑이 들면 잡으려 하지 말고 도망치게 해야 한다는 것이 오래된 지혜이다. 심지어는 쥐를 잡을 때도 도망갈 길을 터주고 잡으라고 했다. 이것은 모두 상대에게 도주거리를 허락하라는 뜻이다. 도주거리를 허락하지 않고 위기거리 속으로 들어가 버리면 아무리 약한 존재도 큰 위험이 된다는 것을 이미 알고 있었던 것이다.

　우리는 평소 '위기거리'에 들어가지 않도록 미리미리 주변을 잘 살펴서 뜻밖의 고통스런 일에 대비해야 한다. 즉 '도주거리'를 잘 지키고 있어야 하는 것이다. 그러나 그것보다 더 중요한 것은 다른 사람들을 위기거리 안으로 몰지 않는 일이다. 다시 말해 아무리 격심한 경쟁 속에서라도 서로서로 위기거리 안의 적이 되지 않도록 조심해야 한다. 아무리 어려운 상황에서라도 서로가 조금씩 양보하고 이해해서 모두가 최소한 도주거리는 유지할 수 있도록 하고, 그리하여 서로 물고 물어뜯는 위기거리 안의 대응은 없도록 해야 할 것이나.

시간 도둑

컴퓨터 세상이 되었다. 불과 몇십 년 만에 컴퓨터의 발전은 연속적인 깜짝쇼를 벌이면서 사람들을 현혹시켰고 또 세상을 지배했다. 컴퓨터의 빠른 계산 능력, 그리고 종이가 아니라 디스크에 글을 쓰고 그림을 그린다는 사실에 놀랐던 것이 이미 옛날 일이 되어 버렸다. 그 이후에 컴퓨터 그래픽, PC게임, 인터넷, 전자상거래, 전자우편 등을 통하여 우리의 삶은 크게 변화되었다.

최근에 컴퓨터가 보여 준 또 하나의 깜짝쇼는 무료국제전화서비스가 아닌가 한다. 시외전화는 물론이고 시내전화도 전화요금 때문에 용건만 간단히 해야 하는 것으로 알고 있는 사람들에게 국제전화를 공짜로 사용할 수 있다는 사실은 깜짝 놀랄 만한 일이 아닐 수 없다. 나도 인터넷을 통하여 무료전화 서비스업체에 가입

하여 국제전화를 무료로 사용하고 있다. 의외로 편리하고 통화음질도 괜찮은 편이었다. 무료이다 보니 꼭 하지 않아도 될 국제전화도 여러 통 하게 되고, 또 시간의 구애를 받지 않으니 쓸데없는 대화를 오래 하게 되기도 했다.

컴퓨터는 사람들의 수고와 시간을 크게 절약시켜 준다. 수백 명이 며칠을 걸려 해야 할 계산을 컴퓨터는 순식간에 해치울 수 있다. 책 한 권을 서울에서 뉴욕으로 보내는 데 직배로 보내도 하루가 걸리고 보통 우편으로 보내면 일주일쯤 걸리지만, 이메일로는 순식간에 보낼 수 있다. 하루 종일 도서관을 뒤져야 겨우 찾을 수 있는 자료도 인터넷을 통하여 몇 분 만에 입수할 수 있다. 전자상거래는 가게까지 오가는 시간을 절약해 준다. 시간이 곧 돈이고, 모든 경쟁이 곧 시간경쟁으로 수렴되는 광속(光速)의 세상에서 컴퓨터는 가장 강력한 무기가 아닐 수 없다.

그러나 나의 일상적 경험 안에서, 컴퓨터는 시간을 절약시켜 주는 기계가 아니라 오히려 시간을 훔쳐 가는 도둑인 것 같다. 아이들의 성화에 못 이겨서 아이들에게 따로 컴퓨터를 한 대 사 주었더니, 초등학생인 아들은 PC게임을 하느라고 정신이 팔렸고, 또 중학생 딸은 친구와 채팅을 하느라고 정신이 팔렸다. 그리고 인터넷에 들어가서는 천박한 연예정보를 뒤지고 있기가 일쑤였다.

컴퓨터 때문에 아이들이 책을 읽거나 운동을 하는 시간이 줄어들었고 또 취침시간도 늦어졌다. 컴퓨터가 우리 집 아이들의 시간을 뺏아간 것은 틀림없다.

대학생이나 대학원생들의 경우는 더 심각하다. 정확한 통계는 없지만, 나의 짐작으로 볼 때, 학생들이 책 읽는 시간보다 컴퓨터에 매달려 있는 시간이 훨씬 많다. 뿐만 아니라 컴퓨터를 사용하여 공부를 하는 시간보다 컴퓨터 자체에 소모하는 시간이 훨씬 많다. 컴퓨터를 사용해 본 사람이면 누구나 경험했겠지만, 컴퓨터로 작업을 하다가 잠시 옆길로 새서 오락을 즐기거나 인터넷 사이트를 배회하거나 아니면 작동에 문제가 생겨 이리저리 만지다보면 밤을 꼬박 새기가 일쑤다. 수업 준비를 안 해 온 학생을 다그치면 어젯밤에 컴퓨터에 문제가 생겨서 그것 때문에 밤을 새웠다는 변명을 듣기도 한다. 학생들은 컴퓨터 동호회에 들어가 채팅을 하고, 전자게임을 하고, 쓰레기 정보를 뒤지고, 프로그램을 다운받고, 프로그램을 설치하고, 쓸데없는 사이트들을 이리저리 배회하면서 시간을 물쓰듯 한다. 무료국제전화 때문에 해외에 연수간 친구와 전화하느라 몇 시간을 소비하기도 한다.

요즘 대학생들은 교과서 이외의 책은 거의 읽지 않는다. 스스로 교양서적을 찾아 읽는 학생들은 거의 없다. 가장 큰 이유는 컴퓨터에게 시간을 도둑맞아서 책 읽을 시간이 없기 때문일 것이다. 그들은 새로 나온 전공관련 서적보다 새로 나온 컴퓨터 프로그램에 더 정신이 팔려 있다. 컴퓨터는 늘 새로운 깜짝쇼로 사람들을 현혹시켜 놓고 그들의 시간을 마음대로 훔쳐 가는 도둑이다. 특히 학생들의 시간을 훔쳐 가는 데 아주 능란한 도둑이다. 좋은 책을 읽고 공부하는 데 사용해야 할 소중한 젊음의 시간들을 무한정 훔쳐 가는 저 컴퓨터를 어찌할 것인가?

© 남궁산

아름다움과 튼튼함

한강에는 많은 다리들이 있다. 서울에서 꽤 오래 살다 보니 모든 다리를 거의 다 건너 보았다. 그러나 그 어느 것도 아름다운 다리라고 생각해 본 적은 없는 것 같다. 외국의 아름다운 건물이나 다리들을 보면서 서울의 건물이나 다리들은 왜 아름답게 만들지 못했을까 늘 안타까웠다. 그런데 붕괴 사고 이후 새로 만들어진 성수대교를 보면 아름답다는 느낌이 들어 기분이 좋다.

내 생각으로 많은 한강 다리 중에서 가장 아름다운 다리는 성수대교다. 차를 타고 성수대교를 건너 보면 편안하고 안정된 느낌을 받는다. 그리고 올림픽 도로를 지나면서 성수대교를 쳐다보면, 그것은 단순한 듯하지만 품위가 있고 아름답다. 옛날의 성수대교는 어처구니없는 붕괴 사고로 세계의 비웃음거리가 되었지만, 이제 새로 만들어진 성수대교는 세계 어디에 내놓아도 손색이 없는 우리의 자랑거리가 될 만하다고 생각한다. 소를 잃어버리고 외양간을 고친 셈이긴 하지만, 그래도 늦게나마 외양간을 훌륭하게 잘 고친 것 같아서 마음이 좋다. 그동안 우리가 아름다운 다리를 갖지 못한 것은 능력이 없어서가 아니라 정성이 없어서 그랬던 것 같다는 생각도 든다.

한강의 다리들 가운데서 내가 가장 아름답다고 생각하는 것이 성수대교라면, 그 반대로 내가 가장 추하다고 생각하는 것은 팔당대교이다. 팔당대교는 멀리서 봐도 어딘지 어색하지만, 그 다리를 건너다 보면 그 모습이 너무 치졸하여 짜증이 난다. 싸구려 건축물이라는 느낌을 강하게 받는 것이다. 건축 전문가들의 평가는 어떨지 몰라도 나에게는 아름답지도 못하고 튼튼하지도 못한 싸구려 다리라는 느낌을 준다. 하나의 아름다운 다리를 만들기 위해서 꼭 들여야 할 돈이나 정성이나 능력을 제대로 들이지 않은 다리가 아닌가 한다.

새로 만들어진 성수대교와 팔당대교를 비교해 보면서, 나는 아름다움이란 화려한 장식이 아니라는 사실을 다시 한번 확인한다. 그리고 아름다움이란 디자인만의 문제가 아니라는 사실도 다시 한번 확인한다. 디자인을 아무리 멋지게 했더라도 그것이 날림으로 무성의하게 만들어졌다면 아름다울 수가 없다. 오히려 디자인이 다소 투박하거나 단조롭더라도 정성을 다해서 치밀하게 만들어졌다면, 그것은 나름대로의 아름다움을 가질 수 있을 것이다. 성수대교가 아름답게 보이는 것은 아마도 이제는 절대 무너지지 않는 다리를 만들겠다는 특별한 각오와 정성과 투자 때문이 아닌가 한다. 그러니까 튼튼함이 곧 아름다움이라고 말해도 좋을 듯하다.

아름다움에 대한 이러한 생각은 건축물에만 해당되는 것이 아니라 모든 물건에도 해당될 수 있을 듯하다. 요즘은 이미지 시대라 하여 특별히 디자인이 중시된다. 좋은 디자인이 높은 부가가치를 만든다는 것이 일반적인 생각이다. 그렇지만 아무리 디자인이 훌륭하더라도 부실하게 만들어진 물건은 외면당할 것이다. 아주 튼튼하게 만들어져 신뢰감을 줄 수 있다면, 그 신뢰감이 곧 아름다움으로 연결되는 것이 아닌가 한다.

우리 주변에는 아직도 겉멋만 잔뜩 부린 조잡한 건축물과 물건들이 많다. 그것들은 일시적으로 사람들의 시선을 끌긴 하지만, 사람들에게 편안함과 신뢰감을 주지는 못한다. 부실하고 조잡하게 만들어진 건축물이나 물건이 많은 사회는 곧 그 사회 자체가 부실한 사회일 것이다. 우리는 아름다운 사회를 만들기 위해서 우선 튼튼한 사회를 만들어야 할 것 같다.

송덕頌德 벤치

옛날에 〈회전의자〉라는 대중가요가 있었다. 그 노랫말은, 회전
의자에 임자가 따로 없고 앉는 사람이 주인이 되므로 회전의자에
앉고 싶으면 출세를 하라는 내용이었다. 즉 회전의자는 부와 출세
를 뜻하는 것이었다. 권좌(權座)라는 말도 있지만, 흔히 의자는 그
곳에 앉은 사람의 신분이나 권력을 상징한다. 꼭 그렇다고는 볼
수 없지만, 대개는 높은 자리의 사람이 사치스런 의자에 앉게 되
는 것은 예나 지금이나 다를 바가 없다. 옛날부터 사람들은 더 좋
은 의자에 앉기 위해서 목숨을 걸었고, 지금도 대다수의 사람들은
더 좋은 의자에 앉는 것을 삶의 목표로 삼고 있다. 그래서 의자를
보면 그것을 소유하기 위한 욕망과 경쟁과 피로를 생각하게 된다.

그러나 전혀 그렇지 않은 의자가 있다. 벤치는 그렇지 않다. 벤

치는 의자 중에서 가장 민주적인 의자라고 할 수 있다. 벤치는 주인이 없다. 누구나 앉을 수 있는 의자가 벤치이다. 혼자 앉아도 되고 두세 명이 함께 앉아도 된다. 때로는 길게 누워서 하늘을 쳐다볼 수도 있다. 벤치가 지닌 또 하나의 미덕은 그것이 온전히 휴식을 위한 의자라는 사실이다. 대개의 의자는 일을 하기 위한 것이다. 우리는 의자에 앉아 일도 하고 책도 읽고 밥도 먹고 영화도 본다. 그러나 벤치에 앉아서는 멍하니 풍경을 쳐다보거나 아니면 옆사람과 대화를 나누는 것이 고작이다. 벤치가 주로 공원에 놓여져 있다는 사실 때문이기도 하겠지만, 다른 의자에 앉은 사람은 어떤 일에 몰두하고 있는 듯이 보이는데 벤치에 앉은 사람은 게으름피우고 있는 것처럼 보인다.

벤치는 세상의 것을 자기 것으로 만드는 소유의 대상이라기보다는, 자기 것을 세상에 돌려 주는 기증의 대상인 것 같다. 미국이나 캐나다의 공원, 캠퍼스를 돌아다니다 보면 많은 벤치를 만난다. 그것들에는 대개 기증한 자의 이름이나 죽은 사람의 이름이 새겨져 있다. 후자의 경우는, 죽은 자의 가족들이 그를 기념하기 위하여 인상적인 시구와 그의 이름과 생몰 연대를 새긴 벤치를 기증한 것이다. 이런 벤치에 앉게 되면, '산과 하늘과 구름과 호수를 사랑했던 사람' 이라던가, 아니면 '빈손으로 왔다가 아무 것도 가지지 않고 다만 그분께로 건너갈 뿐이다' 등과 같은 구절을 조용히 음미하게 된다.

　캐나다의 어느 해변가 조그만 동네 공원에 우연히 들른 적이 있다. 아주 조그만 공원이었는데, 몇 개의 벤치가 한가하게 손님을 기다리고 있었다. 그런데 그중의 하나는 좀더 좋은 자리를 차지하고 좀더 튼튼하게 만들어져 있었다. 벤치에 새겨진 구절을 보니, 역시 죽은 자를 기념하여 기증한 벤치였다. 그런데 가족들이 기증한 것이 아니라, 그 마을 사람들이 기증한 것이었다. 죽은 자는 평생 동안 그 마을을 위해 관리로 일했고 퇴임 후에도 자원봉사자로 많은 일을 한 사람이었다고 적혀 있었다. 그래서 마을 사람들이 그의 헌신과 업적을 기려서 공원의 가장 좋은 자리에 벤치를 만들어 둔 것이었다. 말하자면 송덕(頌德) 벤치인 셈이었다.

　송덕 벤치의 주인공은, 살아서 마을 사람들을 위해 많은 일을 했고 이제 죽어서 또 마을 사람들이 편히 쉴 수 있는 의자가 되었다. 관리가 공복(公僕)이라면, 그 주인공의 삶과 죽음은 정말 그에 합당한 것이 아닐 수 없다. 죽어서도 커다란 송덕비로 남아 사람들 위에 군림하려 하는 것보다, 누구나 앉을 수 있는 벤치로 남는 것이 얼마나 아름다운 일인가! 우리는 보통 관리를 좋은 의자라고 생각하지 벤치라고 생각하지 않는다. 대부분의 사람들은 좋은 의자에 앉으려는 마음으로 관리가 되려 하고 정치가가 되려 한다. 그러나 진정한 공복이라면 스스로 벤치가 되어야 하지 않을까? 우리 사회에도 평생 벤치처럼 모든 사람을 위해 엎드려 일하는 관리, 그래서 죽은 후에 송덕 벤치를 만들어 기념할 만한 그런 관리가 많았으면 좋겠다.

정동진과 모래시계

새 천년의 첫날, 일출을 맞이하기 위하여 수많은 사람들이 동해 안의 조그만 포구인 정동진에 모여들었다고 한다. 나는 아주 오래 전에 동해안의 이곳 저곳을 여행하면서 정동진이란 곳엘 가 본 적 이 있지만, 지금은 거의 기억조차 나지 않는다. 아마도 동해안에 수없이 널려 있는 한적하고 조그만 어촌의 하나로서 특별히 기억 할 만한 것이 없었기 때문일 것이다.

그러나 몇 년 전부터 정동진은 유명관광지가 되었다. 텔레비전 드라마 〈모래시계〉 덕분이다. 사람들이 몰리자 철도청에서는 정 동진 일출맞이 특별열차까지 운행하고 있다. 대중문화의 가공할 위력이 한적한 어촌을 순식간에 관광지로 만들어 버린 대표적 사 례이기도 하다. 이제 정동진은, 오랜 명승지들이 대개 그러하듯이, 전설로 포장되어 관광객들의 발길을 유혹한다.

강릉시에서는 정동진을 찾는 관광객들에게 좀더 인상적인 볼거리를 제공하여 정동진을 더욱 유명한 관광지로 개발하기 위하여 12억원짜리 모래시계를 만들었다. 새 천년의 시작을 얼마 앞두고 완공된 정동진의 모래시계는 지름이 8.06미터, 두께가 3.4미터로 큰 북모양인데, 세계 최대의 모래시계라고 한다. 새 천년을 맞아 2000년 1월 1일 0시부터 작동하기 시작한 이 모래시계에는 8톤의 모래가 들어 있어, 그것이 모두 아래로 흘러내리는 데 꼭 1년이 걸린다고 한다.

드라마 〈모래시계〉 때문에 유명해진 정동진에 기념조형물로 모래시계를 세우겠다는 발상은 좀 단순하고 유치하지만 그래도 이해할 만하다. 관광이 아주 중요하고 수입성 높은 산업이 되어 버린 오늘날, 정동진을 좀더 특색 있는 장소로 만들기 위한 노력도 필요한 것일 것이다. 그러나 12억원의 돈을 들여 세계 최대의 모래시계를 만들었다는 것은 우스운 일이다. 직접 가서 보진 못했지만, 그 모래시계는 아마도 정동진의 풍광과 분위기를 오히려 훼손하는 것이라 짐작된다. 푸른 바다와 맑은 백사장과 조용함과 낭만과 약간의 쓸쓸함이 있어야 할 그곳에 세계 최대의 모래시계는 아무래도 어울리지 않을 듯하다.

나는 해인사에 조성된 성철스님의 부도 공원에 가 보고 그 엄청난 크기에 크게 실망한 적이 있다. 또 천년의 고도인 공주에 박세리 선수의 동상이 세워졌다는 소식을 듣고 역시 크게 실망한 적이 있다. 정동진의 모래시계 또한 마찬가지다. 이런 일들은, 그 동기의 선함에도 불구하고 결과적으로 그곳의 문화와 삶과 환경과 전설을 조잡하게 만들고, 나아가서는 그곳에 원래 있던 아름다움과 역사를 욕되게 한다.

정동진의 모래시계는 문화적 감각의 빈곤을 보여 주는 좋은 사례이다. 그리고 크기에 대한 우리의 열등감을 보여 주는 사례이기도 하다. 차라리 조그맣고 예쁜 모래시계 박물관을 지어 수많은 종류의 모래시계를 진열하였더라면 훨씬 나았을 것이다. 외국의 유명한 관광지를 몇 군데 다녀 본 사람이라면, 좋은 인상과 감동적인 느낌이 어디서 오는 것인지 쉽게 알 것이다. 그것은 장소에 어울리지 않는 대형 조형물이나 시끄러운 이벤트에서 오는 것이 아니라, 원래 그곳에 있던 아름다움을 좋은 문화적 감각으로 드러나지 않게 꾸며 놓은 데서 오는 것이다. 정말 보잘것없는 장소가 그곳에 사는 사람들의 높은 문화적 감각에 의해 아름답고 인상적인 관광지가 되어 있는 경우를 흔히 볼 수 있다.

사람들은 문화의 중요성을 강조하지만 문화적 감각의 중요성에는 둔감하다. 상스런 카페와 구잡스런 포장마차들과 노래방과 흉물스럽게 거대한 모래시계로는 좋은 관광지를 만들지 못한다. 문화적 감각의 빈곤 속에서 정동진에 모래시계 같은 것을 세우고 또 그런 모래시계로 새 천년을 맞이한다면, 새 천년의 희망은 손아귀의 모래처럼 빠져 달아나고 말 것이다. 새 천년에는 몇십 년 전 정동진에 원래 있었던 아름다움이 무엇인지를 알고 그 아름다움을 다시 회복하고, 또 세련된 문화적 감각으로 그것을 보강할 수 있는 세상이 되었으면 좋겠다. 그런데 그렇게는 잘 안 될 것 같다.

길가의 집들

　방학을 하고 몇 군데 여행할 기회를 가졌다. 차를 몰고 다니다
보니 길과 길가의 풍경이 많이 달라졌다. 불과 몇 년 만에 가 보는
곳도 새로 큰길이 만들어져 편리해졌다. 이제 많은 지방도로들도
마치 고속도로처럼 4차선이 되어 시원한 속도감을 느끼며 운전할
수 있게 되었다. 그렇지만 차를 몰고 여행하는 맛은 크게 줄었다.
여행이란 한 곳에서 다른 곳으로의 단순 이동이 아니다. 여행의
많은 매력은 길의 정서를 맛보는 데 있다고 할 수 있다.

　이효석이 쓴 아름다운 단편소설『메밀꽃 필 무렵』에 보면 봉평
에서 대화까지의 칠십리 길이 나온다. 개울을 하나 건너고 고개를
둘이나 넘어야 하는 그 길에는 하얀 메밀꽃이 숨막힐 듯이 피어
있었다. 이제 그런 길은 만나기 어렵다. 그리고 걸어다니며 여행

하는 시대도 지나갔다. 그런 길이 아니더라도, 예전에는 차를 몰고 시골로 가면 들밭을 가로지른 포장도로에도 나름대로의 정취가 있었다. 낮은 언덕과 조용한 마을과 오래된 가로수들 또는 마을 앞의 큰 느티나무 등을 한가로이 바라보며 운전을 하는 맛이 좋았던 것이다. 그런데 새로 만든 길에는 그런 정취들이 없다. 뿐만 아니라 새로 만든 길들은 마치 목적지로 빨리 가기 위한 귀찮고 수고스런 과정에 불과하다는 느낌을 준다.

새로 만든 지방도로를 달리면서 새삼스레 확인한 것이 한 가지 있다. 그것은 큰 건물들이 길가에서 잘 보이는 곳에 자리잡고 있다는 점이다. 학교, 공장, 아파트, 병원 등이 바로 길 옆에 지어져 있어 길의 풍경을 볼썽 사납게 만들고 있었다. 큰길에서 한 구비 돌아 자리잡고 있으면, 길의 풍경도 망치지 않고 또 조용하고 아늑한 느낌도 얻을 수 있을텐데 왜 학교까지도 길 옆에 지었을까 의아했다. 아마 그 까닭은 많은 사람들의 눈길을 빼앗아 광고효과를 올리려는 것이 아닐까 짐작된다. 길가의 건물 자체가 커다란 광고판 효과를 하는 셈이다. 요즘은 자기 노출의 시대요, 광고의 시대다. 학교들도 대중언론을 통해서 상업광고를 하는 시대이니만큼, 길가에 학교를 지으면 그 자체로 광고효과가 있다고 생각했을 것이다.

그렇다면 아파트는 왜 길 옆에 지을까? 물론 시골에서 고층 아파트를 짓는 것 자체가 야만스런 문화감각을 드러내는 것이지만, 그것도 시끄럽고 먼지 나는 큰길가에 세우는 이유는 무엇일까? 옛날 우리의 선조들은 큰길가에서 사는 것을 좋지 않게 생각했다. 그래서 자기 마을에 큰길이 뚫리는 것을 반대했다. 외지의 상스런 풍속이 들어와 마을 분위기를 망친다는 이유에서였다. 그리고 번잡스러움이 일상의 안정성을 훼손한다는 것도 그 이유가 될 것이다. 그런데 언제부터인가 우리들은 길가에서 살고자 하는 경향이 많아졌다. 조용하고 한적한 곳에 집을 짓는 것이 아니라 될 수 있으면 많은 사람들과 차들이 다니는 큰길 옆에 집을 짓고자 한다. 경제적인 이유도 있을 것이고, 또 번잡함 속에 묻히고자 하는 욕구도 있을 것이다.

길가의 집들을 보면서, 나는 우리 시대의 사람들이 더이상 조용한 삶을 원치 않는다고 생각하게 되었다. 조용히 자신의 내면을 지켜보면서 삶의 참된 가치를 추구하고 주체적인 문화를 향유하면서 살고자 하는 삶의 태도가 버림받고 있다고 생각되었다. 모두가 미친 듯이 저자거리의 번잡함과 혼을 빼는 시끄러움 속에서 자기를 잃어버리지 않으면 외롭고 불안해서 살 수 없게 되어 버렸는지도 모른다. 비교적 토지의 여유가 많은 시골에서조차 학교를 큰

길가에 세우는 그런 마음으로는 교육이 제대로 될 것 같자가 않다. 길가의 큰 집들은 우리 시대의 문화적 야만성을 보여 주는 또하나의 서글픈 풍경이다.

개성과 획일화

초등학교에 다니는 아이의 필통을 열어 본다. 필통이 조그만 가방처럼 예쁘게 생겼다. 그 속에는 형형색색의 필기도구와 지우개와 칼이 들어 있다. 우리가 어렸을 때는 상상도 할 수 없었던 다양하고 독특한 필기도구들에 감탄이 절로 나온다. 백화점의 가전 제품 코너에 가 본다. 전화기의 모양이, 같은 것이 없을 정도로 다양하다. 텔레비전이나 냉장고처럼 그 모양이 단순할 수밖에 없는 물건들도 제각기 독특한 디자인을 뽐낸다. 이러한 다양성은, 우리가 늘 그 속에서 살기 때문에 잘 느끼지 못하지만, 옛날에 비해 놀라운 것이 아닐 수 없다. 두세 개뿐이던 텔레비전 채널이 수십 개가 되었듯이, 선택이 어려울만치 모든 것들이 다양해졌다. 실로 개성과 다양성의 시대라 하지 않을 수 없다.

그러나 또 다른 면이 있다. 강의실에 들어가 수십 명의 학생들을 쳐다본다. 대부분의 학생들이 안경을 끼고 있는데, 안경의 모양이 거의 똑같다. 얇은 테와 조그만 타원형의 렌즈로 된 안경이 유행하고 있다. 그 유행을 벗어난 안경을 끼고 있는 학생을 만나기가 어렵다.

학생들의 가방도 마찬가지다. 어느 때부터인가 학생들은 이스트팩이라는 가방을 한결같이 사용한다. 또 오래간만에 텔레비전을 본다. 드라마나 오락 프로그램에 나오는 탤런트들이 정말 예쁘다. 그런데 그들은 모두 비슷비슷하다. 동일한 이미지를 지닌 규격화된 아름다움이라는 생각이 든다. 개성이 없다. 그래서 누가 누구인지 쉽게 기억되지 않는다. 채널을 돌려 쇼프로그램을 본다. 요즘 새로 유행하는 가수들은 노래와 춤 그리고 옷차림이 모두 비슷해서 다 그게 그것인 것 같다. 특히 그룹들이 더 그런 것 같다. 그리고 방송의 프로그램 편성도 거의 같다. 한쪽에서 쇼를 하면, 그 시간에 다른 채널에서도 그와 유사한 프로그램을 방송한다. 신문을 이것저것 뒤적거려 본다. 주요 일간지는 그것대로 비슷비슷하고 스포츠신문은 또 그것대로 비슷비슷하다. 친구나 후배의 아파트를 방문해 본다. 아파트라는 주거공간이 동일할 뿐 아니라 그들의 살림살이, 사는 모습도 거의 동일하다. 삶 자체가 규격화되어 있다는 느낌을 받는다. 지방 여행을 해 본다. 어느 지방을 가도 길거리 풍경이 비슷하다. 조그만 시골 도시에 가도 도심지의 풍경은 서울과 꼭 같다. 서울에서 본 음식점, 옷가게, 전자제품가게, 오락실, 노래방 등을 전국 어디서나 볼 수 있다. 이런 점들을 볼 때, 우리 시대는 개성과 다양성의 시대가 아니라 획일화의 시대라 해야 할 것 같다.

우리 시대는 개성과 다양성의 시대라고 말들 하지만, 실제로는 그렇지 못하다. 표면적으로 보면 개성과 다양성이 존중되는 것처럼 보일지라도 사람들의 감각과 의식은 획일화된 유행에 따르고 있다. 유행이나 주류적 경향으로부터 벗어나 개성을 찾으려는 노력은 만나기 힘들다.

대부분의 사람들은 남들이 무얼 어떻게 하는가에 많은 신경을 쓴다. 그리고 자기도 그렇게 따라 한다. 남들을 따라 하되, 다만 겉모양만 조금 달리하면서 개성을 찾는다. 가령, 남들과 다른 모양의 휴대폰을 가지고 있는 것은 껍데기 개성이다. 남들이 다 월드컵 축구를 볼 때, 자기 혼자서 음악을 들을 수 있는 것이 개성이다. 개성과 다양성은 겉모습만 달리 한다고 얻어지는 것이 아니다. 그것은 주체적인 판단력과 생각과 심미안을 갖추어야지 추구할 수 있는 것이다.

상업대중문화의 막강한 힘은 세상을 획일화시키는 데 큰 역할을 한다. 참된 개성과 다양성을 위해서는 무엇보다도 상업대중문화에 대한 길항력을 키워야 할 것 같다.

바른 것과 편한 것

일상적 경험 속에서, 보통 바른 자세란 불편한 것이다. 처음에는 책상 앞에 바른 자세로 앉아 책을 보다가도 얼마 지나면 곧 자세가 흐트러지기 일쑤다. 비스듬하고 구부정한 자세가 바른 자세보다 편하니까 우리의 자세는 자꾸 비뚤어지는 것인지도 모른다. 가장 바른 자세의 예로 우리는 차려자세를 생각해 볼 수 있다. 차려자세로 오래 서 있기는 매우 힘이 든다. 그것은 부자연하고 불편한 자세다.

동양의 호흡법, 건강술, 무술 등에서는 바른 자세를 매우 중시한다. 결가부좌, 즉 다리를 교차하여 두 발을 다른 허벅지 위에 얹고 허리를 쭉 펴서 앉는 자세가 그중의 하나다. 이 자세는 참선이나 단전호흡을 할 때, 기본이 되는 자세다. 이 자세를 바로 취하지 않으면 선이나 호흡이 제대로 되지 않는다고 한다. 결가부좌를 해본 사람은 알겠지만, 처음에는 잘되지 않는다. 뿐만 아니라 억지로 자세를 잡고 있으면 고통스럽다. 그런데 오랫동안 수련을 한 사람들의 말에 의하면, 결가부좌가 가장 편한 자세라고 한다. 아무리 오래 앉아 있어도 힘들지 않은 자세가 결가부좌라는 것이다. 왜 그럴까? 오래 그런 자세로 수련을 했기 때문에 습관이 되어서 그럴 것이라고 생각해 볼 수 있다. 그러나 차려자세를 아무리 연습한다 해도 그것이 가장 편한 자세가 되지는 않는다.

결가부좌가 가장 편한 자세인 것은 그것이 우리 몸에 가장 자연스러운 자세이기 때문이라고 달리 생각해 볼 수도 있다. 동양의 무술인 태극권의 기본자세에 참장이라는 것이 있다. 무릎을 약간 굽히고 척추를 바로 펴서 서 있는 자세다. 태극권을 오래한 사람의 말을 빌리면, 이 참장자세가 가장 오랫동안 편안하게 서 있을 수 있는 자세라고 한다. 그리고 결가부좌를 오래하고 있으면, 우리 몸과 마음에 긍정적인 변화가 일어나는 것처럼, 참장자세도 오래하고 있으면 우리 몸과 마음에 긍정적인 변화가 저절로 일어난다고 한다.

그러나 보통 사람들이 바른 결가부좌나 참장자세를 유지하기는 아주 어렵다. 어려운 정도가 아니라 참기 어려울 만큼 고통스럽다. 이에 대하여 오랜 수련을 한 사람들의 설명은 이렇다 : 우리의 몸은 지금까지 살아오면서 많은 흠이 나 있거나 비틀려 있거나 불순물이 끼어 있다. 이러한 비본래적인 요소들 때문에 우리는 바른 자세를 취하면 오히려 고통스럽다. 가령 원래 척추는 바른 것이었는데, 나쁜 생활 태도로 인하여 비뚤어졌기 때문에 바르게 하면 오히려 고통스러운 것과 같다. 그러므로 처음에는 고통스럽더라도 계속 바른 자세를 취하여 나쁜 요소들이 모두 제거되고 나면 바른 자세가 가장 편안한 자세가 된다. 바른 자세란 결국 가장 본래적인 자세요, 자연스러운 자세다. 차려자세는 부자연스러운 자세이기 때문에 실제로는 바른 자세라 할 수 없다.

이런 주장들이 사실이라면, 결가부좌나 참장은 흥미로운 사실을 우리에게 암시해 준다. 즉, 가장 바른 것이 가장 편한 것이고 나아가 가장 이로운 것이라는 사실이다. 결가부좌나 참장은 가장 바른 자세이기 때문에 가장 편한 자세이고 나아가 우리 몸에 많은 이로움을 주는 자세가 되는 것이다. 자세뿐만 아니라 마음이나 감성까지도 그렇다고 할 수 있다. 바른 마음을 가지면, 편안해지고 또 저절로 이로움이 생기는 것이다. 바른 감수성 또한 그러하다. 착한 마음으로 살기가 힘든 것은 세상 탓이 아니라 나의 마음에 때가 끼어 있기 때문이다. 또 좋은 음악이나 그림이나 문학을 감상하기 어려운 것은 나의 감수성이 왜곡되어 있기 때문이다. 바르고 좋은 것이 나에게 불편하게 느껴진다면, 그것은 내가 이미 자연스러운 상태에서 벗어나 있기 때문이다.

대부분의 사람들은 좋지 못한 문명생활 속에서 바르고 좋은 것을 불편해한다. 그럴수록 바른 것이 편안해질 때까지 어렵더라도 바르게 생활하도록 노력해야 할 것이라고 동양의 지혜는 가르쳐 준다.

다람쥐와 청설모

　서울 남산에 청설모가 극성을 부린다는 신문 보도를 본 적이 있
다. 시골에서는 과실재배농가가 청설모 때문에 피해를 입고 있다
는 말도 들린다. 내가 살고 있는 북한산에도 언제부턴가 다람쥐는
잘 보이지 않고 그 대신 시커먼 청설모가 이 나무에서 저 나무로
재빠르게 옮겨 다니고 있다. 예쁜 다람쥐가 뛰어놀던 장소에 이젠
보기 흉한 청설모가 뛰어놀고 있는 셈이다. 누군가는 청설모가 먹
이를 다 먹어 치우기 때문에 다람쥐가 살 수 없다고 하기도 한다.

　존재하는 모든 것은 아름답다고 하지만, 청설모나 바퀴벌레 같
은 것이 아름답다고 생각되지는 않는다. 세상에는 아름답고 선한
것과 추하고 악한 것이 함께 존재한다는 생각이 우리의 경험적 진
실에 보다 가깝다. 북한산에도 예쁜 다람쥐와 보기 흉한 청설모가

함께 살고 있다. 그런데 북한산이 사람들의 오염으로 지치고 병들어 가자, 예쁜 다람쥐는 잘 보이지 않고 그 대신 청설모가 아주 많아졌다.

환경이 혼탁해지면 아름답고 선한 것들은 점차 위축되고 추하고 악한 것들이 판을 치게 되는 사례는 비단 다람쥐와 청설모의 경우만이 아니다. 오염된 들판에 가면, 아름다운 들꽃 대신 기분 나쁜 잡초나 덩굴이 우거진 모습을 보게 된다. 또 오염된 바닷가에 가면, 성게나 조개나 해초는 사라지고 갑각다족류 벌레들이 우글거린다. 또 오염된 곳에는 어린 풀벌레나 나비 대신 모기나 파리 같은 것들이 날아다닌다. 그런가 하면, 오염된 낚시터에서는 참붕어 대신 블루길이나 황소개구리 같은 것들이 주인공이 되어 있다.

오늘날 우리 주변에는 아름답고 선한 것들이 점점 희귀해진다. 노랑부리도요새, 검은머리갈매기, 은방울초롱, 며느리아재비, 산천어, 은어, 노루, 사슴 등 그 이름만으로도 아름다운 것들은 더이상 견디지 못하고 오염되고 거친 세상에서 사라져 간다.

아름답고 선한 것들이 위축되어 가는 현상은 비단 동식물이나 자연환경에서만 관찰되는 것이 아니다. 문화 또한 그러한 것 같다. 아름답고 선한 노래나 글이나 그림은 점점 찾아보기 힘들고,

요사스럽고 변태적이고 자극적인 노래나 글이나 그림들이 판을 치고 있다. 영화도 정말 아름답고 선한 영화는 사람들의 눈을 끌지 못하고 갑각다족류 같은 징그럽고 거친 영화가 인기를 끌고 있다. 사람들의 차림새 또한 그러하다. 오히려 추하게 보이는 이상한 옷차림이 유행하고 있는 것도, 세상의 오염 탓일 것이다.

세상이 이러하다 보니, 인간사회도 추하고 악한 사람이 더 잘되고 또 더 많아지는 것이 아닌가 하는 생각이 든다. 점잖고 선하게 사업을 하거나 일을 하는 사람은 망하고, 지악스럽게 달려드는 사람은 성공하는 경우가 많은 듯하다. 우리 사회가 전체적으로 거칠고 조잡해지고 있다는 느낌은 마치 북한산에 다람쥐가 없어지고 청설모가 설치는 현상에 비유될 수 있을 것 같다. 선한 사람은 고통받고 좌절하며 그 대신 악한 사람이 성공하고 큰소리치는 사회가 되고 있다면 지나치게 부정적인 판단일까?

좋은 세상이란 아름답고 선한 것들이 득세하는 세상이라고 할 수 있다. 아름다운 꽃과 나무와 짐승들이 있는 곳이 좋은 자연이듯이, 아름답고 선한 문화가 번성하고 선한 사람들이 더 많은 세상이 좋은 세상일 것이다. 그러나 지금 우리가 만들어 가고 있는 세상은 그렇지 못한 듯하다.

석주명과 나비이름

몇 해 전 사월의 문화인물로 지정된 이는 나비전문가 석주명 선생이다. 석주명 선생은 평생을 나비의 채집과 분류, 정리 및 학술적 연구에 헌신한 분이다. 철저하고 독보적인 전문가를 별로 갖지 못한 우리 역사 속에서 석주명 선생의 존재는 특히 기억될 만하다. 그러나 나는 나비전문가로서의 석주명보다 나비의 이름을 짓는 사람으로서의 석주명을 더 기억하고 싶다.

석주명은 이십 년에 걸친 연구기간 동안 약 75만 마리의 나비를 채집하고 그것을 연구했다. 그리고 그는 자신이 채집한 많은 나비들에게 아름다운 이름을 붙여 주었다. 우리가 잘 아는 배추흰나비도 그가 지은 이름이다. 여러 종류의 흰나비 중에서 배추에 잘 모이는 나비 종류는 배추흰나비, 큰 줄이 있는 나비는 큰줄흰나비,

풀에 잘 모이는 나비는 풀흰나비 등으로 이름을 지었다. 그는 나비의 행태와 모습을 잘 관찰하여 거기에 알맞은 아름다운 우리말로 나비 이름을 지은 것이다.

날개가 반투명하여 모시를 연상시키는 나비는 모시나비로 명명되었는데, 그중에서도 흰날개에 붉은 점이 있는 나비는 붉은점모시나비이다. 날개에 물결무늬가 있는 것은 물결나비이고, 날개의 색깔이 굴뚝처럼 검은 것은 굴뚝나비이다. 그런가 하면 봄처녀나비는 봄에 잠깐 나왔다가 사라져서 봄처녀처럼 수줍은 것이라는 뜻으로 붙인 이름이다. 또 알록달록하게 색깔이 섞인 나비는 알록나비라 하였는데, 흑색과 백색의 알록이면 흑백알록나비라 하였다. 또 나는 모습이 팔랑개비처럼 가볍다고 해서 팔랑나비라고 하는 것이 있는데, 지리산에서 주로 서식하는 나비는 지리산팔랑나비라 하였고, 수풀에서 서식하되 날개가 알록 색이면 수풀팔랑알록나비라 하였다. 또 쌍꼬리부전나비라는 것도 있다. 부전이란 요즘은 잘 볼 수 없는 것인데, 사진을 앨범에 붙일 때 네 귀에 붙이는 귀여운 삼각형을 뜻한다. 나비의 모습이 그만큼 깜직하고 귀여우며, 또한 날개 끝에 두 개의 돌기가 달려 있다고 해서 쌍꼬리부전나비라 하였다. 그 외에도 청띠신선나비, 어리표범나비, 애호랑나비, 홍줄나비, 산제비나비 등 아름다운 나비 이름들이 무수히 많다.

석주명이 이름 붙인 나비이름들을 나열하다 보면, 마치 그 이름들이 형형색색의 나비들을 그대로 그려 보여 주는 것 같다. 그의 언어감각은 놀랍다. 우리말의 아름다움에 대해서 매우 섬세한 감각을 가졌다고 말하지 않을 수 없다. 그는 과학자이면서 동시에 시인이었다고 말해도 좋을 듯하다. 흔히 아름다운 우리말이 가장 잘 살아 있는 분야가 생물학분야라고 한다. 수많은 우리의 풀과 곤충과 벌레와 꽃들은 아름다운 우리말 이름을 지니고 있다. 석주명이 명명한 나비 이름들도 그것의 중요한 일부분을 이룬다.

오늘날 우리는 문명의 급속한 발전과 사회의 급속한 변화 속에서 수없이 많은 새로운 사물을 만난다. 새로운 사물이나 현상은 새로운 이름을 필요로 한다. 그 사물들은 대개 외국에서 들어온 것이기에 이름들도 외래어이다. 그런가 하면 새로 지은 우리말 이름일 경우에라도 멋없이 투박하거나 경박한 이름들이 대부분이다. 아름다운 이름을 가진 것들이 참으로 드물다. 아름다운 말 또는 아름다운 이름은 아름다운 마음과 통하고 나아가 아름다운 세상과 통한다. 석주명 선생이 우리의 산하를 누비면서 수집했던 나비들이 오늘날 우리 주변에 그대로 살아 있도록 해야 하듯이, 그 나비 이름처럼 아름다운 말들도 우리 주변에 살아 있었으면 좋겠다.

눈 내린 풍경을 바라보며

눈은 낭만적이다. 눈은 철없는 사람들을 들뜨게 만든다. 다시 말해, 눈은 젊은 사람들과 마음의 여유가 있는 사람들의 마음을 설레게 한다. 그리운 사람에게 전화라도 해야 할 것 같고, 그냥 집에 들어가기보다는 어느 찻집에서 차라도 한잔해야 할 것 같은 기분을 준다. 그러나 눈은 현실을 고통스럽게 만들기도 한다. 눈은 교통지옥을 만들고, 거리를 지저분하게 만들고, 눈 치우는 고단한 일을 강요한다. 언젠가 서울의 폭설 때 서울시가 뿌린 염화칼슘만 해도 수억원 어치였다고 한다. 눈은, 낭만을 사는 사람에게는 기쁨이지만, 현실을 사는 사람에게는 고통이다. 나와 같은 보통의 사람들은 낭만적이기도 하고 현실적이기도 하니까, 눈이 오면 기쁘기도 하고 귀찮기도 하다.

눈 내린 세상은 경이롭다. 하얀 눈은 아름다운 것을 새롭게 아름다운 것으로 만든다. 하얗게 눈을 뒤집어쓰고 있는 북한산의 모습을 바라보는 것은 큰 기쁨이다. 나무도 그러하다. 상록수는 상록수대로 솜 같은 눈을 머리에 이고 있는 모습이 아름다우며, 메마른 활엽수들은 또 그 나름대로 자신의 가지 위에 하얀 띠를 두르고 있는 모습이 매혹적이다. 바위 위에 내린 눈도 보기가 참 좋다. 그런가 하면, 눈 내린 강가의 풍경, 특히 하얗게 변한 모래톱이 인상적이다. 눈은 세상을 아름답게 만드는 놀라운 힘을 지녔다.

눈 내린 다음날 길을 가면서 우연히 기와집에 눈이 머물었다. 우리 동네에는 언덕에 큰 기와집이 몇 채 있는데, 눈은 그 기와집의 기품을 새롭게 인식시켜 주었다. 빌딩이나 아파트는 눈이 내려도 달라지지 않는다. 양옥집들, 스라브집들도 눈이 내려도 그리 새롭게 보이지 않는다. 많은 양옥집과 빌라들 사이에서 눈 덮인 기와집은 군계일학처럼 의젓하고도 아름다웠다. 어릴 적 보았던, 눈 덮인 초가집을 머리 속에 떠올려 보았다. 그것도 아름다웠던 것 같다. 그러고 보니 현대문명이 만든 것들은 눈이 내려도 별로 아름답지 않은 듯하다. 아파트가 그러하고, 자동차가 그러하고, 도심의 풍경이 다 그러하다. 어릴 적 눈 내린 장독대의 풍경은 그토록 아름다웠는데, 왜 화려한 도심의 길거리 풍경은 눈이 내려도 전혀 아름답지 않을까?

산과 나무와 바위와 같이 기와집, 초가집, 장독대 같은 것들은 그 아름다움이 자연에 가까운 것이기 때문에 눈과 잘 어울린다고 생각할 수 있을 것 같다. 바꾸어 말하면 아파트나 자동차 같은 아름다움은 자연과 동떨어진 아름다움이기 때문에 눈과 잘 어울리지 않는다고 생각할 수 있다. 이렇게 생각해 본다면, 눈이란 어떤 대상이 자연스런 아름다움인가 아니면 억지스럽게 인공적으로 만들어진 아름다움인가를 구별해 주는 것이라고 할 수도 있다.

우리는 수많은 인공적 아름다움 속에서 생활한다. 그러다 보니 진정한 아름다움의 기준을 상실하고 사는 것 같다. 정말 보기 흉하고 마음을 불편하게 하는 것들이 새로운 아름다움이라고 뽐내는 경우를 많이 본다. 그런 경우가 너무 많으니까 나 자신의 아름다움에 대한 기준도 혼란스러워진다. 눈 내린 풍경은 나에게 무엇이 아름다운 것인가를 다시 한번 일깨워 준다. 그것은 자연의 질서에 가까운 것, 자연 속에 내재하는 아름다움에 상응하는 것이 진정한 아름다움이라는 점이다.

자연이 우리에게 주는 것은 많다. 그중에서 우리가 잘 인식하지 않는 것, 그렇지만 무엇보다 중요한 것은 아름다움에 대한 바른 감각을 길러 준다는 것이다. 우리가 아름다움과 더불어 사는 삶을 살고자 한다면, 어릴 때부터 자연 속에서 자연의 아름다움을 가까이 하면서 자라야 할 것 같다. 인간이 만든 어떤 위대한 예술품도, 신이 만든 나무나 풀 한 포기의 아름다움에 미치지 못한다는 사실을, 눈 내린 풍경을 바라보며 다시 한번 깨닫는다.

뽕짝 아저씨

나는 조그만 연립주택 단지에 살고 있다. 단지 입구에 관리실이 있고, 그곳에서 관리인 아저씨 두 분이 교대로 근무한다. 두 분 모두 관리인으로 근무한 지 일 년도 되지 않는다. 우리 단지는 관리인이 비교적 자주 바뀌는 편이다. 아내의 말에 의하면, 이곳 주민들이 좀 까다로운 편이고 또 관리인의 보수도 다른 곳에 비해 약간 낮기 때문에 관리인들이 오래 붙어 있지 않는다는 것이다.

현재 근무하는 두 분의 관리인 중에서 한 분은 주민들 사이에 뽕짝 아저씨라고 불린다. 그가 처음 우리 연립주택 단지에 관리인으로 근무하기 시작했을 때, 나는 그가 곧 떠나 버릴 것이라고 예상했다. 왜냐하면 그는 이전에 근무했던 관리인들과는 다른 인상을 주었기 때문이다. 우선 차림새가 달랐다. 그의 옷차림은 항상 깔끔하다. 작업복 차림이 아니라 양복바지와 셔츠를 입고 근무했으며, 신발도 운동화나 작업화가 아니라 깨끗한 구두였다. 키도 크고, 얼굴 모습도 편안했다. 그래서 그런지 궁색한 느낌은 전혀 없어 보였고, 오히려 여유 있는 뒷집 아저씨 같은 풍모였다. 그래서 나는 그를 처음 보았을 때, 단지를 청소하고, 나무를 가꾸고, 주민들이 아무렇게나 내놓은 재활용품을 분류하고, 주민들의 잔심부름을 묵묵히 해 나갈 그런 사람이 아니라고 짐작했다. 관리인으로서의 일의 성격과 그의 외모가 어울리지 않았던 것이다.

그러나 나의 예상은 전혀 빗나갔다. 뽕짝아저씨는 이전의 어떤 관리인보다 우리 단지를 열심히 잘 관리하며 지금까지 잘 근무하고 있다. 언뜻 보면 그는 일을 별로 열심히 하는 것같이 보이지 않는다. 그가 바쁘게 서두르는 것을 한 번도 본 적이 없다. 그의 근무는 늘 여유가 있어 보인다. 그렇지만 아내의 말에 의하면 그는 스스로 일을 찾아서 매우 성실하게 일을 한다고 한다. 실제로 그가 근무한 이후로 우리 단지가 좀더 쾌적해진 느낌이 있다. 그는 일을 많이 해도 여유가 있어 보이는 사람이며, 궂은 일을 해도 옷차림이나 구두가 더러워지지 않는 사람이며, 힘든 일을 해도 힘든 표시가 잘 안 나는 그런 사람이다. 그는 주위 사람을 느긋하고 편안하게 만드는 묘한 능력을 지녔다.

그를 주민들이 뽕짝 아저씨라고 부르는 이유는 그가 틈만 나면 뽕짝을 즐겨 듣기 때문이다. 퇴근하여 관리실 앞을 지나노라면, 관리실에 흘러나오는 뽕짝 소리를 흔히 들을 수 있다. 그가 관리실에 있을 때에는 거의 언제나 뽕짝 테이프가 돌아간다. 예전에는 텔레비전 소리가 항상 들렸는데, 이제는 뽕짝이 항상 들린다. 나는 뽕짝을 별로 좋아하지 않는다. 노래 자체는 별로 싫어하지 않지만, 그 노래를 즐기는 공간이란 거의 언제나 감정의 과잉과 소리의 과잉으로 정신을 산란하게 하기 때문이다. 관광지나 관광버스 안에서의 뽕짝, 노래방에서의 뽕짝, 술집에서의 뽕짝은 노래가 아니라 소음일 경우가 많다.

그러나 관리실에서 흘러나오는 뽕짝 소리는 전혀 그런 거부감을 주지 않는다. 때로는 흥겨운 가락이 때로는 구성지고 슬픈 가락이 잔잔하게 흘러나오는데, 시끄럽다는 느낌은커녕 오히려 내 마음을 편안하게 해 준다. 뽕짝을 들으면서 마음이 차분해지는 느낌을 받을 수 있다는 것은 나로서는 뜻밖의 체험이었다. 뽕짝 아저씨가 뽕짝을 틀어 놓고 그것을 따라부르거나 흥얼거리는 모습을 본 적은 없다. 그는 늘 여유 있는 표정으로 뽕짝을 듣기만 할 뿐이다. 듣고 즐기는 사람의 마음이 편안하면 시끄러운 음악조차도 저절로 편안한 음악으로 바뀌는지 모른다.

뽕짝 아저씨는 유치하고 상스러운 텔레비전 소리가 시끄럽게 흘러나오는 관리실을 소박하고 편안한 뽕짝 가락이 흘러나오는 관리실로 바꾸었다. 험한 일을 해도 몸과 마음이 험해지지 않을 수 있다는 것, 그리고 시끄러운 음악도 듣는 사람의 분위기에 따라서 차분한 음악이 될 수 있다는 것을 뽕짝 아저씨는 나에게 가르쳐 준 셈이다. 세상이 시끄럽고 험하고 상스럽다고 항상 짜증부리는 나 자신을 반성하게 된다.

5

© 남궁산

모든 것이 다 지나가노니

언젠가 이런 이야기를 읽은 적이 있다. 아주 유명한 신학자가 있었다. 그는 성경을 수천 번도 더 읽었고, 성경 말씀에 대해서는 누구보다 많이 알았다. 그가 죽기 얼마 전, 그의 제자가 물었다. "선생님, 성경 말씀 중에서도 특히 선생님이 가장 소중하게 여기는 구절은 무엇입니까?" 그가 대답했다. "성경 말씀 가운데 소중하지 않은 것이 없다만, 특히 내가 소중하게 여기는 구절, 성경 말씀 가운데 가장 훌륭한 말씀은 '다 지나가노니'이다." 나는 성경에 대하여 아는 바가 별로 없기 때문에 그런 구절이 성경의 어디에 나오는지 알지 못한다. 그렇지만 성경 속의 그 좋은 구절들을 다 버려 두고 하필 '다 지나가노니'가 가장 소중한 말씀이라는 대답은 뜻밖이었다. 왜 '다 지나가노니'와 같은 평범한 구절이 가장 소중한 말씀이 될까?

모든 것이 다 지나가 버린다는 것은 너무나 평범한 말이다. 사실 그 자리에 가만히 있는 것은 아무 것도 없다. 그토록 화사한 벚꽃도 한창인 듯하면 어느덧 꽃잎이 떨어지고 그 자리에 푸르름이 생겨난다. 이 푸르름 역시 나날이 짙어갈 것이며, 또 푸르름이 지치면 그 자리에 단풍이 질 것이고, 단풍마저 허기져 떨어지면 빈 가지가 눈 속에 흔들리게 될 것이다. 저 하늘의 달도 어제의 달이 아니고, 저 하늘의 별도 어제의 별이 아니다. 사랑의 기쁨도 지나가고, 이별의 쓰라림도 지나가고, 인생도 지나간다. '열흘 핀 꽃은 없고, 십 년 가는 권력도 없다'는 옛말도 있다. 이 세상에 존재하는 모든 것들은, 강물이 흘러가듯 그렇게 지나가 버린다. 〈흐르는 강물처럼〉이란 아름다운 영화를 본 적이 있다. 그 영화도, 삶의 온갖 우여곡절들이 강물처럼 흘러가 버리는 것이 인생이라는 사실을 보여 준다.

그런데 모든 것이 다 지나가 버린다면 오히려 삶이란 허무한 것이 아닐까? 살이 찌고 추하게 늙어서 부축을 받으며 걷는 엘리자베스 테일러의 모습을 얼마 전 텔레비전에서 보았다. 그토록 눈부시게 아름답던 이십대의 엘리자베스는 어디로 가버렸단 말인가? 중국의 옛 시인 두보는 "한 잎 꽃잎이 떨어져도 봄이 그만큼 줄어들거늘, 바람에 꽃잎이 수없이 흩날리니 어찌 근심치 않으리오(一點花飛減却春 風飄萬點正愁人)"라고 노래하며 봄이 지나감을 안타까워했다. 두보뿐만 아니라 수많은 시인들은 모든 것이 다 지나가 버리는 삶의 허무에 대하여 노래했다. 흘러가고 지나가는 것들에 대해서 덧없음과 허무를 느끼는 것이 인간의 마음일 것이다. 그러나 이러한 삶의 덧없음과 허무가 '다 지나가노니' 라는 구절의 깊은 의미는 아닐 것이다.

헤르만 헷세라는 독일 작가의 소설 『싯달타』에 보면, 평생 강가에서 강물이 흘러가는 것만 보면서 도를 닦는 현자가 나온다. 아마도 그 현자가 강물을 보며 깨달은 것도 모든 것이 다 지나간다는 진리인지 모른다. 강물은 항상 흘러서 지나가 버리는 것이지만, 우리는 어제의 강물이 오늘의 강물과 다르다고 안타까워하지 않는다. 마찬가지로 세상의 모든 것들이 다 지나가는 것이라면, 그것 때문에 지나치게 괴로워하거나 즐거워할 필요가 없다. 결국 지나가 버릴 것이라면, 슬픈 일에도 너무 괴로워할 필요가 없으며 기쁜 일에도 너무 좋아할 필요가 없다. 지나간 일들을 돌이켜 보면, 그때 별일 아닌 것 가지고 왜 그렇게 안달복달했고 왜 그렇게 성급하게 자신의 삶을 학대했는가 후회될 때가 많다. 그러면서도 또 조그만 일들에 일희일비(一喜一悲)하며 마음을 다치는 것이 우리네 삶이다. '다 지나가노니' 라는 말씀의 깊은 뜻은 이런 어리석음을 지적하고 평상심의 소중함을 깨닫게 해 주는 데 있는 것이 아닌가 한다.

살다 보면 이런 저런 일들을 당하기 마련이다. 우리는 무슨 일을 당하면 그것이 영원히 지속되기나 하는 듯이 스스로를 괴롭히고 또 남에게까지 상처를 입힌다. 아마도 권력 역시 지나가 버린다는 사실을 알았더라면, 권력을 잃은 자의 추한 모습도 없었을 것이다. 그리고 실패의 고통도 결국은 지나가 버린다는 사실을 알았더라면, 그 때문에 이혼이나 자살은 하지 않았을 것이다. 오늘의 행운에 오만하게 호들갑 떠는 일도 없을 것이며, 내일의 악운에 과도하게 비참해지는 일도 없을 것이다. 그러나 우리는 모든 것이 다 지나간다는 사실을 쉽게 잊어버린다. 인생을 마감하는 자리에서나 그 단순한 진리를 깨닫는 것이 우리네 인생인지도 모른다.

하루살이는 하루살이 인생이 아니다

베짱이하고 하루살이하고 친구가 되었다. 베짱이는 자신의 노래 솜씨를 뽐내고, 하루살이는 자신의 날기 솜씨를 뽐내며 즐겁게 한나절을 놀았다. 저녁 무렵이 되어서 베짱이가 말했다. "정말 재미있게 잘 놀았다. 우리 내일 만나 다시 놀자." 하루살이는 의아한 표정을 지으며 되물었다. "내일이 뭔데?" 하루밖에 살지 못하는 하루살이는 내일이란 것을 몰랐던 것이다.

며칠 후 베짱이에게는 다람쥐라는 새로운 친구가 생겼다. 하루살이와는 하루 동안밖에 함께 놀지 못했지만 다람쥐와는 매일같이 함께 놀 수 있어서 베짱이는 아주 만족스러워했다. 그런데 어느 가을날, 다람쥐가 베짱이에게 말했다. "난 이제 겨울잠을 자러 가야 해. 내년에 다시 만나 더 재미있게 놀자." 그러자 베짱이는 의아한 표정을 지으며 되물었다. "내년이 뭔데?" 겨울을 나지 못하는 베짱이는 내년이라는 것을 몰랐던 것이다.

베짱이에게 하루살이는 하루밖에 살지 못하는 불쌍한 존재이지만, 베짱이 역시 다람쥐에게는 몇 달밖에 살지 못하는 불쌍한 존재이다. 만약 아주 오래 산다는 거북과 같은 동물의 입장에서 보면 인간도 채 백 년을 살지 못하는 불쌍한 존재인지 모른다. 그렇지만 하루살이의 짧은 삶에 비하면 거의 영원히 사는 셈이므로 하루살이 앞에서는 매우 우쭐대는 것이 인간이다.

인간들은 하루밖에 살지 못하는 하루살이를 멸시한다. 어차피 하루살이이므로 그 생명을 존중하지도 않는다. 하루살이라는 것은 살아 있어도 죽은 것이나 다름없다고 여긴다. 우리는 하루 벌어 하루 사는 사람 또는 내일 죽을 지 모레 죽을 지 모르고 하루하루를 살아가는 사람을 하루살이 인생이라고 말하기도 한다. 하루살이 인생은 내일을 기약할 수 없으므로 당장의 욕망에 따라 아무렇게나 사는 불쌍한 삶이다. 그러나 사실 하루살이는 하루살이 인생과는 전혀 다르게 산다. 하루살이의 일생을 보면 하루살이는 결코 하루살이 인생이 아니다.

하루살이의 알이 성충이 되기까지는 아주 오랜 시간이 걸린다. 하루살이의 알은 애벌레와 번데기와 아성충의 단계를 거치면서

약 천일 동안 물 속에서 성충이 되기 위한 준비생활을 한다. 그동안 허물벗기도 약 25번이나 한다. 하루살이는 하루를 살기 위해 천일 동안 수많은 변신의 노력을 하면서 견디는 것이다.

하루살이는 입과 소화기관이 거의 퇴화되었다. 하루를 살기 때문에 거의 먹을 필요도 없겠지만, 달리 보면 천일을 준비해서 마련한 하루이므로 먹는 시간까지 줄여서 열심히 산 결과인지도 모른다. 삶에 필요한 영양분은 애벌레 시절에 이미 비축해 둔 것으로 충분하다.

하루살이의 날기 솜씨는 매우 탁월하다. 촘촘히 무리지어 날지만 서로 부딪히는 일도 없고, 또 사람이 잽싸게 손을 휘둘러도 유연하게 피해 나른다. 멋진 날기 솜씨를 보여 주고, 그리고 짝짓기를 하고, 그것으로 하루살이의 일생은 끝난다.

우리 인간 중에 천일 뒤의 하루를 염두에 두고 준비해 가며 사는 인간이 얼마나 될까? 우리 인간은 마치 내일이 없는 것처럼 당장의 욕망에 눈이 어두워 아둥바둥 살아간다. 마치 〈우리에게 내일은 없다〉라는 영화의 주인공처럼, 오늘의 이익과 욕망을 위해 자신을 속이고 세상을 속인다. 또 공기와 물을 오염시키고 자연을 파괴한다. 그러나 내일 없이 사는 삶은 그것이 아무리 길더라도 하루살이의 삶보다 못하다. 천일 뒤의 멋진 날기와 멋진 짝짓기를 위해서는 오늘부터 인내하고 준비하고 기다려야 한다고 하루살이의 짧은 삶은 가르쳐 준다. 하루살이는 결코 하루살이 인생을 살지 않는다.

지워 버리는 이름들

연말이 되면 신년 달력과 신년 수첩이 새해를 먼저 알린다. 깨끗한 달력과 수첩이 희망 찬 미지의 날들을 숨기고 있는 듯해서 새 달력과 새 수첩을 미리 펼쳐 보는 일은 즐겁다.

달력은 해가 다 갈 때까지 제자리에 걸리지 못하고 있지만, 수첩에는 새해가 오기 전에도 적어 넣어야 할 것이 있다. 그것은 주소록이다. 해마다 아는 사람들의 주소와 전화번호를 옮겨 적기가 귀찮아서 나는 새 수첩을 잘 사용하지 않는 편이다. 그러나 몇 년에 한 번쯤은 수첩을 바꾸므로, 그때는 주소와 전화번호를 옮겨 적어야 한다.

새 수첩에 주소와 전화번호를 옮겨 적으면서 늘 드는 생각이 있다. 그것은 주소록에 변경사항이 너무나 잦고 많다는 점이다. 우리의 삶은 주소와 전화번호를 너무나 자주 바꾸는 듯하다. 같은 주소와 전화번호를 몇 년 계속 사용하는 사람은 거의 없다. 그래서 주소록은 언제나 지우고 새로 쓴 주소와 전화번호들로 지저분하다. 때로는 변경이 여러 번 되어서 어느 것이 가장 최근의 연락처인지 잘 알 수 없는 경우도 있다. 또한 내가 알고 있는 주소와 전화번호가 아직 바뀌지 않았는가에 대해서 의구심이 들 때도 많다. 연락처가 자주 바뀐다는 사실은 우리의 삶이 그만큼 유동적이고 불안정하다는 것을 뜻한다. 그러한 삶 속에서는 인간관계도 허술한 것이 될 수밖에 없을 듯하다.

뿐만 아니라 새 수첩에 주소록을 옮겨 적다 보면, 오래 연락이 없었던 사람들의 이름은 빼게 된다. 그렇게 바뀌는 이름이 꽤 많다. 어떤 사람의 연락처를 그대로 둘 것인가 없애 버릴 것인가를 잘 결정할 수 없을 때도 흔히 있다. 어지간하면 내 수첩에 그 사람의 이름을 남겨 두고 싶지만, 늘 새로운 이름들이 첨가되어야 하므로 할 수 없이 지워 버리게 된다. 이름을 지울 때는, 아무래도 좀 미안한 마음이 된다. 사람의 만남이나 관계가 이렇게 쉽게 잊혀져 버려도 되는 것인가 하는 생각이 드는 것이다.

심리학에 정신경제라는 말이 있다. 한 곳에 정신을 집중하면 다른 쪽에는 소홀하게 된다는 말이다. 눈이 먼 사람은 청각이나 촉각이 예민한 것도 정신경제로 설명된다. 수학적 두뇌가 탁월한 사람이 다른 면에서는 멍청하게 보이는 것도 마찬가지다. 정신경제라는 말은 사람을 만나는 데도 적용될 수 있다. 사귐의 폭을 넓히면 사귐의 깊이는 줄어들게 마련이다. 많은 사람들을 만나면, 그것은 깊은 만남이 될 수가 없다. 친구가 너무 많은 사람은 친구가 없다는 말이 바로 그것이다. 뒤집어 말하면, 사람을 아주 깊고 진실하게 사귀는 사람은 많은 사람을 사귈 수가 없다. 새로운 친구가 자주 생긴다는 것은 곧 옛 친구에게 소홀하다는 것을 의미한다. 이런 점에서 주소록의 내용이 자주 바뀌는 일은 좋은 일이 아니다.

주소록의 내용이 많이 바뀐다는 것은 인간적인 만남이 그만큼 적다는 말이다. 꽤 오랫동안 아무런 변경사항이 없는 주소록은 곧 변치 않는 만남 또는 인간적인 만남을 의미한다. 다시 말해 안정된 인간관계 속에서의 삶을 의미한다. 주소록에 오랫동안 변경 없이 기록되어 있는 사람은 내 마음속에서 오랫동안 변함없이 소중한 사람이다. 그러나 오늘날 우리의 바쁘고 비인간적인 일상생활 속에서 우리의 주소록은 끊임없이 변한다. 내가 나의 수첩에서 어떤 사람의 이름을 지울 때, 그 사람 또한 그의 수첩에서 나의 이름을 지울 것이다.

사회생활을 잘하려면, 사람을 많이 만나야 한다고들 한다. 그러나 많은 사람을 만나고 다니면 사업은 잘될지 알 수 없으되, 좋은 친구를 갖거나 소중한 만남을 얻기는 어려울 것이다. 나는 수첩의 주소록을 옮겨 적으면서 오랫동안 나의 주소록에서 지워지지 않고 있는 이름이 얼마나 되는가를 헤아려 본다. 그리고 이제는 새 이름을 자꾸만 적어 넣어야 하는 그런 삶보다는 예전에 알던 이름을 지우지 않는 삶을 살도록 노력해야겠다고 마음먹는다.

이사

십일 년 만에 이사를 했다. 요즘은 이사 문화도 달라졌다. 소위 포장이사라는 것이 생겨서, 이삿짐을 싸는 것에서부터 새집에 옮겨 풀고 배치하는 것까지 모든 것을 다 해 준다. 이사 비용은 좀더 들지만 예전에 비해서 크게 편리해졌다고 말할 수 있다.

그러나 아무리 포장이사라고 해도 이사는 힘든 일이다. 나름대로 물건들을 정리해 두어야 하고, 또 새집에 가서는 새집에 맞게 배열하고 정리하고 정돈해야 하기 때문에 이삿짐 센터 직원들이 해 줄 수 있는 일에는 한계가 있는 것이다. 이사라는 것은, 옛 집에 있던 물건을 그대로 새집에 옮겨 두는 것이라기보다는 삶의 공간을 한 번 대청소하고 재정리하는 일에 가깝다.

미리 물건들을 정리하면서 보니 사용하지 않는 것들이 많다. 십

일 년 동안이나 한 집에서 살았으니 묵은 살림이라 짐이 많은 것이 당연하겠으나, 한편으로 내가 별로 쓰지도 않는 물건을 이렇게 많이 가지고 있다는 사실이 새삼스러웠다. 처음에는 쓰지 않는 물건들을 과감하게 버릴 생각을 했다. 쓸데없이 물건들을 많이 가지고 있다는 것은 삶이 그만큼 무겁다는 것을 뜻하기 때문이다. 가진 것이 많은 삶은 그만큼 움직임이 둔하다는 말은 비유적으로도, 직설적으로도 다 옳은 말이다.

어떤 외국 작가는 집에 있는 물건들이 곧 삶의 흔적이라는 말을 했다. 마치 조개의 집인 조개껍질이 조개가 살아온 삶의 퇴적물로 이루어졌듯이, 우리들의 집도 우리가 살아온 삶의 퇴적물로 구성된 공간인 것이다. 그러고 보니, 지금은 쓸데없는 물건들일지라도 그것들에는 지난날의 나의 욕망과 활동과 애정의 흔적이 남아 있어서 그냥 쓰레기 취급을 하려니까 아까운 마음이 든다.

몇 년 동안 아주 즐겨 신은 구두가 한 켤레 먼지를 뒤집어쓰고 있었다. 밑창도 한 번 갈아서 신었던 것인데, 우연히 새 구두가 한 켤레 생겨서 그것은 신장에 넣어 두었던 것이다. 사실 그 헌 구두는 아직도 신을 만하다. 그렇지만 냉정하게 판단해 볼 때, 앞으로 신을 일이 없을 것 같다. 지금 신고 다니는 구두가 헤져서 못 신게 되었을 때, 다시 그 구두를 신게 되지는 않을 것이다. 그러므로 버리는 것이 당연하다. 그러나 몇 년 동안 내가 가는 곳이면 어디나 같이 갔던 그 구두를, 내가 밖에서 한 짓을 모두 알고 있는 그 구두를 그냥 쓰레기통에 버린다는 것이 꺼림칙했다.

그 헌 구두는 이삿짐을 쌀 때는 버리지 못했는데, 이삿짐을 풀어 정리할 때는 결국 버렸다. 헌 구두뿐만 아니라 많은 물건들이 버리기도 그렇고 보관하고 있기도 그렇다. 물건 자체가 당장의 쓸모와는 상관없이 아깝기도 했지만, 그보다는 나와 관계를 맺었던 물건을 아직 쓸만한데 그냥 버리자니 물건에 대한 도리가 아니라는 생각이 더 강하게 들었다.

자기가 사용하거나 사용했던 물건을 아끼고 사랑하지 않는 삶은, 자기 자신도 사랑하지 않는 삶이라고 말할 수 있을 것이다. 자기가 사용하는 모든 물건은 자기 마음과 육체의 연장이다. 모자는 머리의 일부이고 안경은 눈의 일부이고 읽었던 책은 정신의 일부이며 서랍장은 손과 마음의 일부라고 할 수 있지 않을까? 그러나 방은 점점 비좁아지는데 구질구질한 물건들, 이젠 쓰지도 않을 물건들, 집만 어지럽히고 있는 물건들을 어찌해야 좋을지 고민이다.

즐거운 편지

 지난 70년대와 80년대의 젊은이들은 시를 많이 읽었다. 시집이 수만 권씩 팔리는 나라는 우리 나라뿐이었다. 우리 나라만큼 시가 존경받고 사랑받는 나라는 없었다. 시인도 많았고, 시집 출간도 많았고, 시의 독자도 많았고, 시인 지망생도 많았다. 그런데 90년 대에 들어오면서 변화가 생겼다. 지금도 여전히 시집 출간이 활발하고 시인 지망생도 많은 편이지만, 시의 독자는 현격히 감소했다. 그래서 출판사의 이야기를 들으면 이젠 시집이 좀처럼 팔리지 않는다고 한다. 젊은 사람들도 비디오나 영화나 레저를 좋아하지 갑갑하게 시를 읽지는 않는다고 한다. 시집이 베스트셀러가 되는 경우가 있긴 하나, 그것은 인생과 사랑에 대한 유치한 잠언을 담고 있는 저급한 수준의 시집들이다. 시뿐만이 아니고 문학 전반이 위축되고 있는 것이 요즘의 현실이다.

그런데 가끔 이상한 일이 발생하기도 한다. 전혀 팔릴 가능성이 없는 시집들이 엉뚱하게도 갑자기 잘 팔리게 되기도 한다. 벌써 몇 년 전이다. 한 출판사에 들렀더니 이십여 년 전에 출간된 시집이 지금에서야 잘 팔리고 있다고 했다. 알고 보니 그것은 황동규 시인이 1975년에 출간한 첫 시집 『삼남에 내리는 눈』이었다. 이해가 되지 않았다. 아무리 생각해 봐도 요즘 젊은이들이 황동규 시인의 초기 시를 특별히 좋아할 이유가 없었다. 그런데 이유는 아주 엉뚱한 곳에 있었다. 영화 때문이었다.

당시에 〈편지〉라는 영화가 상영되고 있었는데 비교적 관객들의 반응이 좋았다고 한다. 그런데 그 영화 속에 황동규의 시 「즐거운 편지」를 읽는 장면이 나온다. 그래서 그 영화를 본 사람들이 「즐거운 편지」라는 시가 들어 있는 시집 『삼남에 내리는 눈』을 사서 읽어 보기 때문에 그 시집이 베스트셀러가 되고 있다는 것이었다. 마치 인기 드라마나 영화의 테마 음악으로 사용된 후 그 음악이 널리 유행하게 되는 경우와 같은 현상이었다. 시집이 많이 팔리고 더구나 좋은 시집이 많이 팔리는 것은 참으로 반가운 일이다. 그렇지만 그 이유를 생각하면 좀 씁쓸한 생각이 든다.

이와 유사한 일은 그 이전에도 있었다. 허영만의 인기 만화 속에 프랑스 시인 로트레아몽의 시가 인용되었는데, 만화 독자들이 그 시를 보고 로트레아몽의 시집을 많이 사서 읽었다. 그 바람에 로트레아몽의 시집『말도로르의 노래』가 잠시 베스트셀러가 되기도 했다. 사실 로트레아몽의 시들은 일반 독자들이 읽기에는 너무 어려운 것이어서 허영만 만화의 독자들은 거의가 이해하지 못했을 것이다. 아마도 만화를 보고 로트레아몽의 시집을 사서 읽은 독자들은 대개 실망이 컸을 것이다.

이제 시는 독자적인 힘으로 대중들 속에서 살아남기 어려운 시대가 된 것 같다. 영화나 만화와 같이 대중들이 많이 선호하는 문화 장르에 의존해서 겨우 대중 속에 살아남을 수 있을 뿐인지도 모른다. 매혹적인 대중문화의 범람 속에서 시는 점차 소외되고 사라져 가는 것처럼 보인다. 이제 멋진 언어적 표현에 대한 욕구는 자극적인 광고의 문구가 채워 주게 될 것 같다. 예전에는 어떤 말을 사회적으로 유행시키는 힘이 문학 특히 시에 있었는데, 언제부턴가 텔레비전 스타들이 그 힘을 갖더니만 이제는 광고 문구들이 가지고 있는 것처럼 보인다. 한때 시는 가장 고상한 것이었지만, 지금 시는 시시한 것이 되고 말았다. 요즘 젊은이들에게 황동규 선생이 쓴「즐거운 편지」는 결코 매력적인 것이 못 된다.

그러나 시의 쇠퇴가 당연한 시대적 흐름이라 하더라도 그것은 안타까운 일이다. 문학 특히 시는 모든 문화의 바탕이 된다고 할 수 있다. 인류가 쌓아 온 엄청난 상상력과 심미적 감각은 무엇보다 시라는 것을 통해서 이루어졌다. 문화 수준이 높았던, 동서고금의 모든 사회에서 시는 존중되었고 식자들은 시에 대한 교양이 풍부했다. 우리는 좋은 시 속에서 세상에 대한 이해와 멋진 상상과 아름다운 가치들을 만난다. 이것을 무시하고 좋은 문화를 만들어 낼 수는 없을 것이다. 그러니까 기초과학이 튼튼해야 첨단과학이 발달할 수 있듯이, 시를 존중하고 잘 알아야 새롭고 좋은 문화를 만들어 낼 수 있는 것이다. 시가 대중들로부터 외면당하는 것은 어쩔 수 없다 하더라도 시인이나 문학전공자들은 시에 대한 자긍심을 지니고, 또 문화생산자들은 시를 존중해야만 할 것이다.

추석의 마음

내가 더이상 어리거나 젊지 않다는 사실을 새삼스레 확인할 때가 종종 있다. 막연히 꼬마라고만 생각하고 있었던 조카가 대학생이 된 모습을 볼 때가 그렇고, 어느 날 문득 요즘 연예인이나 유행하는 노래에 대해 전혀 모르고 있다는 사실을 깨닫게 될 때가 그러하다. 그리고 가족 행사나 잔치 또는 명절을 맞이할 때도 그렇다. 어렸을 적에는 집안 어른의 생신이라든가 설날, 추석과 같은 명절이 마냥 즐겁기만 했다. 그러나 언제부턴가 그런 날들이 부담스럽고 성가신 날이 되었다.

추석이 다가오면 예전에는 괜히 마음이 들뜨고 즐거웠다. 그러나 이제는 우선 귀성길 걱정이 앞선다. 고향 가는 차표를 또 어떻게 구하나, 그리고 오가는 길에 얼마나 고생할까 하는 생각에 마음이 무겁다. 또 형님 댁에 드릴 차례비용을 얼마나 마련해야 하는가, 고향 어른이나 친지들에게 무슨 선물을 마련해야 하는가 등도 쉬운 문제가 아니다. 뿐만 아니다. 여러 형제나 친지들을 만나서 이런 저런 이야기를 하게 되면, 바쁜 일상 속에서 외면하고 지내던 집안의 여러 걱정스런 문제들이 대두된다. 기쁜 소식도 듣게 되고 그렇지 않은 소식도 듣게 되지만, 마음이 더 많이 쓰이는 것은 기쁘지 않은 소식들이다. 그래서 이제는 추석이 다가와도 그리 반갑지 않다. 어른이 되어, 책임져야 할 일들이 많아졌기 때문일 것이다.

그러나 어렵게 차표를 구해 고향에 가면, 추석은 역시 즐거운 명절이다. 여러 친지들을 오랜만에 만나 서로의 안부를 묻고 분위기가 시끌벅적해지면 말할 수 없는 푸근함을 느낀다. 아이들은 아이들끼리 한방에 들어가 히히덕거리고 여인네들은 또 여인네들끼리 부엌을 오가며 쑥덕거린다. 누구네는 지금 오고 있는 중이며, 누구네는 또 내일 새벽에 올 것이라는 소식도 주고받는다. 어수선한 것은 사람들뿐만 아니다. 마루 끝에 놓아둔 배와 사과 상자, 그리고 선반 위에 올려 둔 감, 대추, 밤, 미리 꺼내 닦아 둔 제기와 향로와 촛대, 광주리에 담아 둔 생선, 물에 불리고 있는 떡쌀 그리고 이 구석 저 구석에 놓여 있는 여행용 가방들도 어수선하다.

텔레비전 속의 유치한 추석특집 프로그램의 웃음소리도 어수선하다. 그러나 그것들은 즐거운 어수선함이다.

명절이나 잔치가 다 그러하지만, 하루 전날의 어수선함이 더 즐겁다. 거기에는 냄새의 즐거움도 빼놓을 수가 없다. 각종 음식 만드는 냄새, 특히 전을 부치는 냄새는 단순히 식욕을 돋구는 것이 아니라 고향의 정을 돋군다. 조카더러 소주를 한 병 사 오라고 해서 전을 부치는 옆에서 이런 저런 잔소리를 하며 소주 한잔하는 맛도 일품이다. 물론 안주는 부침이다. 어릴 때 제사음식을 미리 맛보다가 어른들께 혼난 적이 여러 번 있지만, 이제 내가 어른이니 부침 두어 조각은 문제 될 게 없다. 둘러앉아 송편을 빚는 즐거움에는, 호기심 많은 꼬마들이 때묻은 손으로 참견하는 것을 꾸짖는 재미도 들어 있다.

요즘에는 많은 사람들이 추석연휴를 이용하여 관광이나 여행을 즐긴다. 심지어는 관광지 호텔에서 차례상을 주문하여 차례를 지내기도 한다. 그런 사람들에게 추석은 즐거운 휴가일 것이고, 귀성의 부담스런 마음이나 고향의 걱정도 없을 것이다. 그렇지만 어수선함 속에 푸근하게 녹아 있는 고향의 정, 삶의 아름다움 역시 없을 것이다. 빛나는 햇살과 풍요로운 오곡백과 그리고 잘날 것도 없는 편안한 얼굴들과 안쓰러운 이야기들 속에서 자신도 모르게 생겨나는 감사의 마음을 느낄 수 없을 것이다.

　추석이 다가오면 부담스럽지만 그래도 추석을 고향에서 보내고 오면, 조상뿐만 아니라 그 누구에게라도 삶에 대한 감사를 드리고 픈 마음이 된다.

오월과 가족행사

나는 오월을 사랑한다. 신록이 싱그러운 오월의 풍경은 꽃 피는 사월보다 오히려 더 아름답다. 나는 오월의 신록을 사랑하지만, 또 한편으로는 오월이 부담스럽다. 가족행사가 너무 많기 때문이다.

달력을 본다. 5월 3일은 석가탄신일이다. 가족들과 가까운 절을 찾아가 등이라도 하나 달아야 할 것 같다. 5월 5일은 어린이날이다. 아이들이 큰 기대를 갖고 있는데, 그 기대를 어떻게 충족시켜 주어야 할지 쉽지 않다. 너무 하고 싶은 것을 다 해 주면 버릇이 없어질 것 같고, 또 너무 야박하게 하면 아이들이 실망을 하게 될 테니 무얼 어떻게 해야 할지 잘 생각해 봐야 한다. 요즘은 주변에서 아이들에게 물질적으로 너무 잘해 주니, 우리 아이들의 기대도

버릇없이 커져 버렸다. 좋아하기만 하지 고마워할 줄 모르는 아이들의 태도가 마음에 들지 않는다. 5월 8일은 어버이날이다. 아이들은 아이들 나름대로 학교 선생들의 말에 따라 꽃도 사 오고 또 초콜릿도 하나 사 올지 모른다. 어린아이들이 유행에 따라 그렇게 하는 것이 별로 좋아 보이지 않는다. 그러나 그보다 더 신경 쓰이는 것은 지방에 계신 부모님과 처가 부모님께 무얼 어떻게 해드려야 하는가 하는 문제다. 조그만 선물이라도 마련해야 하는가, 아니면 휴일을 이용해서 찾아뵈어야 하는가, 아니면 어디로 모셔서 식사라도 해야 하는가를 결정하기는 쉽지 않다.

그뿐이 아니다. 5월 15일은 스승의 날이다. 대학에 몸담고 있다 보니까 제자들이 있다. 그들이 식사라도 하자고 할 것이다. 아무 일이 없을 때는 그들과 함께 식사하는 일이 편안한데, 스승의 날이라니까 내가 좋은 스승이고 이런 대접을 받을 만한가라는 회의가 들어 편치가 않다. 그래서 스승의 날을 맞이한 식사 모임은 될 수 있는 대로 피하고 싶지만, 예년의 경우로 봐서 그들의 호의를 마다하는 일이 역시 쉽지 않다. 그리고 나 또한 찾아뵈어야 할 스승이 여러 분 계신다. 평소 잘 찾아뵙지도 못하면서 스승의 날이라고 연락하고 찾아뵙는다는 것이 좀 어색하다. 그리고 약속하고 찾아가고 하는 일의 번다함도 예사가 아니다. 내가 스승의 날이면 늘 찾아뵙는 분 가운데 한 분은 작년에 돌아가셨다. 그래서 올해 는 그분께 찾아가려고 해도 갈 수가 없다. 사모님이라도 찾아뵈어 야 할텐데 아직 마음 결정을 못하고 있다. 또 달력을 본다. 오월 하순에는 결혼기념일이 있다. 이날을 모른 척했다가는 아내의 서 운함을 달래기가 쉽지 않을 것이다. 선물은 그만두더라도 어디 조 용한 식당에 가서 저녁식사라도 함께 해야 할 것 같다. 그런데 조 용한 식당이 어디 있지? 그날에 다른 일도 한 가지 있는데, 그 약 속도 미리 조정해야 할 것 같다.

그러고 보니 내 생일도 5월이다. 나는 내 생일에 거의 아무런 의미도 두지 않는다. 보통 날처럼 생일을 의식하지 않고 지내고 싶다. 그러나 그렇게 보내면 아내를 비롯한 다른 가족들은 내가 서운해할 것이라고 생각하는 모양이다. 나는 할 수 없이 그날도 일찍 귀가하여, 가족들의 성의를 존중해 주어야 한다. 그리고 부 모님을 비롯한 여러분들로부터 애정 어린 전화도 받아야 한다. 나 쁠 것은 없지만, 성가시다.

이처럼 오월은 마음이 분주한 달이다. 돈도 다른 달보다 많이 든다. 가족들과 오순도순한 시간을 많이 갖게 되긴 하지만 그만큼 내가 해야 할 일을 못하게 되기도 한다. 그리고 무엇보다 내 마음 보다 더 즐겁고 신나는 표정을 지어야 하는 것이 반갑지 않다.

그러나 올해 오월에는 좀더 자연스럽고 편안한 자세로 가족행사를 치를 생각이다. 오월의 여러 기념일들을, 평소에 가족들에게 충분히 다하지 못한 애정 표현을 자연스럽게 표현할 수 있는 계기로 삼아 볼 생각이다. 사랑을 나누는데, 약간의 성가심과 노력은 당연히 뒤따라야 하는 것이 아니겠는가. 그렇게 하다 보면 오월의 신록이 더욱 아름답게 보일지도 모른다.

칠월 칠석

　　요즘은 절기를 잊어버리고 사는 세상이 되어, 칠월 칠석이 언제 인지도 모르고 지나갈 때가 많다. 많은 절기 가운데서도 칠월 칠 석은 좀 특이한 절기다. 흔히 행운의 숫자라고 하는 칠이 두 번 겹 친 날인데, 그날에 얽힌 이야기는 다른 절기에서는 찾아볼 수 없 는 사랑 이야기다. 즉 견우와 직녀, 우리말로 하면 소몰이 청년과 베 짜는 처녀가 일 년에 한 번 만나는 기쁜 날이다. 그들의 만남을 위해 까치와 까마귀가 만든 오작교라는 다리가 하늘의 은하수라 는 이야기도 아름답다.

　　칠은 우리 삶에서 매우 친숙하고 또 의미 깊은 숫자요 단위이 다. 많은 사람들은 칠을 행운의 숫자라고 믿고 있다. 그런가 하면, 칠이란 숫자는 인간이 한꺼번에 파악할 수 있는 수치의 한계라고 한다. 즉 어떤 것이 일곱 개보다 적게 있을 때 우리는 그것의 수를 쉽게 파악한다. 그러나 일곱 개가 넘으면, 그것을 일일이 헤아리고 머리를 써야 한다. 우리는 많은 것은 무리라고 한다. 그러나 두 개를 무리라고 하지는 않는다. 무리와 무리 아닌 것의 경계는 몇 개일까? 한눈에 파악되는 수가 일곱까지라면, 일곱까지는 무리가 아니고 그 이상을 무리라고 말할 수 있을 것이다. 그래서 우리는 일곱을 단위로 많은 것을 질서화한다. 우선 일주일은 칠 일로 되어 있다. 그리고 아기가 태어났을 때, 최초로 기념이 되는 날이 삼칠일 즉 칠 일이 세 번 지난 날이다. 그리고 사람이 죽고 난 후, 영혼이 저승으로 가는 날도 칠 일이 일곱 번 지난 사십구 일 만이다. 그래서 사십구제라는 제사를 지내고 영혼을 떠나보낸다.

칠공주라는 말도 있고, 칠공자라는 말도 있다. 〈칠 인의 사무라이〉라는 일본 영화도 있고, 〈칠 인의 무법자〉라는 미국 영화도 있다. 가장 친숙한 별자리인 북두칠성도 일곱 개의 별로 되어 있다. 『백설공주』에 나오는 난쟁이의 수도 일곱 명이다. 선진국들의 정상회담에 참여하는 나라도 일곱 나라다. 또 고려시대에 세상을 피해 살았던 죽림 칠현이 있었다. 산속에 숨어 사는 지혜로운 사람의 숫자는 칠과 잘 어울린다. 고대 그리스에도 일곱 현자가 있었다. 그중의 한 사람인 솔론은 인간의 일생을 칠 년씩 10단계로 나누었다. 그의 착상을 이어받아 필로라는 유태 철학자는 그 10단계를 다음과 같이 설명했다.

첫 번째 칠 년이 지나면 젖니 대신 영구치가 나며, 두 번째 칠 년이 지나면 성적으로 성숙해진다. 세 번째 칠 년이 되면 남자들에게는 수염이 나고, 네 번째 칠 년은 인생의 절정기이다. 다섯 번째 칠 년은 결혼의 시기이고, 여섯 번째 칠 년은 분별력이 무르익는 시기이다. 일곱 번째 칠 년은 이성에 의해 영혼이 고귀해지는 단계이고, 여덟 번째 칠 년은 분별력과 이성이 완성되는 단계이다. 아홉 번째 칠 년에는 열정을 극복하고 공정함과 온유함에 이르게 되며, 열 번째 칠 년에는 죽음을 맞이하기에 가장 적합한 시간이 된다. 이 나이를 넘어가면 인간은 고작해야 허약하고 쓸모 없는 노인일 뿐이다.

인생을 칠십 년이라고 보고, 칠 년 단위로 그 의미를 생각해 보는 이러한 발상법은 그럴 듯하다. 일곱 살에 초등학교에 입학하는 우리네 풍습의 바탕에도 이러한 생각이 들어 있는지 모른다. 두 번째 칠 년이 지나면 사춘기가 되고 세 번째 칠 년이 지나면 어른이 된다. 이렇게 보면, 요즘은 성인을 18세 이상이라고 정해 놓고 있지만, 스물한 살 이상이 되어야 보다 적당할 듯하다. 실제로 대학에서 학생들을 가르쳐 보면, 대학 신입생들을 성인이라고 봐 주어야 할지 의심이 들 때가 많다. 그리고 열 번째 칠 년이 지나면 허약하고 쓸모 없는 노인일 뿐이라는 생각도 재미있다.

요즘은 일흔 살이 넘은 분들이 사회의 곳곳에서 많은 일을 하고 계신다. 생활 수준의 향상과 의학의 발달로 인간의 수명이 연장되었기 때문에 요즘의 일흔 살은 옛날의 일흔 살과 다르다고 봐야 할 것이다. 요즘의 일흔 살은 허약하고 쓸모 없는 노인이기는커녕 우리 사회를 이끌고 가는 활동적인 세대다. 이제 인생을 칠 년 단위로 나눈다면 10단계가 아니라 12단계쯤으로 생각해야 할 것 같다. 그러나 그렇게 되면 사회적 주도권을 놓고 세대간의 싸움이 치열해질지도 모른다.

칠은 예로부터 지혜의 숫자요, 인간의 삶과 우주의 신비에 가장 친연성이 높은 숫자였다. 그런 숫자가 겹쳐진 칠월 칠석날 견우와 직녀가 만나는 것은 필연이라고 할 수 있을까.

봄은 어떻게 오는가

　시인 황동규의 작품 중에 「겨울에서 봄으로」라는 제법 긴 시가
있다. 이 시는 혹독한 겨울을 지나 봄이 어떻게 오는가, 그리고 봄
을 맞이하는 자세는 어떠해야 하는가에 대한 이치를 말해 주고 있
다. 「겨울에서 봄으로」는 다섯 편의 작은 시들로 나뉘어져 있으
며, 그 각각의 제목은 겨울 편지, 봄 편지, 되돌아온 편지, 안 부친
편지, 다시 봄 편지로 되어 있다. 그러니까 다섯 통의 편지가 모아
져서 한 편의 시가 된 셈이다.

　첫 번째 편지인 겨울 편지는 삭막한 겨울의 풍경이 묘사된다.
큰 눈이 내려 포구의 길을 모두 지워 버렸고, 눈사태는 마을의
담장을 부수었다. 나무들도 하얗게 숨어 버리고, 방파제 안의 배
들도 추위에 떨고 있다. 국도를 달리던 승용차도 바닷가 축대에

아슬아슬하게 정지해 있고, 눈 덮인 소나무 가지가 부러졌다. 모든 것이 죽음과 단절과 정지 그리고 고통과 추위 속에 웅크리고 있을 뿐이다.

두 번째 편지인 봄 편지에서는 겨울이 끝나고 봄의 풍경이 묘사된다. 그야말로 봄이 왔음을 즐거이 알리는 편지인 셈이다. '살과 친한 바람이 바다에서 불고', '남보라에 따뜻이 베이지를 푼 하늘이 수평선까지 넘실대고' 있다. 배들은 가볍게 허리춤을 추며 방파제를 나서 바다로 출항하고 있다. 화자는 '과장은 삼가겠습니다. 오시지 않아도 좋습니다'라고 말하고 있지만, 그 말 속에는 이미 봄의 흥겨움을 과장하지 않고는 견딜 수 없는 화자의 들뜬 마음이 강하게 표현되어 있다.

그러나 세 번째 편지인 되돌아온 편지에서는 모든 것이 잘못되어 가고 있다. 허리춤을 추며 바다로 나갔던 배들은 '고장난 부표(浮漂) 등대를 끌고' 다시 되돌아오고, 길이 뚫린 줄 알고 마을로 들어왔던 버스는 마을에 온통 흙탕칠만 해 놓고 되돌아갔다. 그리고 '주막 밖으로 나가니 어둠 속에서 그물 널린 방파제에 배가 살짝살짝 잘못 부딪는 소리'가 들린다. 즉, 봄이 온 줄 알고 서둘러 봄의 따뜻함을 즐긴 행동들이 모두 잘못되고 만 것이다. 이때의 실망감은 봄에 대한 섣부른 기대 탓으로 더욱 암담하고 절망적인 것이 된다.

그리하여 네 번째 편지 안 부친 편지는 다시 겨울의 풍경이 된다. 화자는 새벽 뜰을 쓸다가 얼어 죽은 참새를 본다. 그 참새는 가볍게 잠든 것 같다. 그리고 '마당 한켠에서는 대들이 파랗게 얼어 바람도 없이 한참 떨고' 있다. 이러한 풍경은 겨울의 삭막함과 고통이 여전함을 보여 준다. 그러나 이러한 겨울풍경은 첫 번째 편지인 겨울 편지에서의 겨울 풍경과 약간 분위기가 다르다. 여전히 춥고 고통스럽기는 하나 그 죽음과 고통을 받아들이는 화자의 태도는 약간 담담해졌다고 할 수 있다. 왜냐하면 얼어 죽은 참새를 보고 '가볍게 잠든 것 같다'고 말하기 때문이다.

마지막으로 다섯 번째 편지인 다시 봄 편지에서는 비로소 참된 봄의 풍경이 그려진다. 봄은 아주 보잘것없고 또 조심스럽게 온다. 기껏해야 '오래 소리 없던 대숲에 새들이 드나드는 기척'이 나고 '한 새가 이상한 몸짓을 하며 하늘에서 내려'오고 '땅 위에선 새 한 마리가 고개 갸웃대며 기다리고' 있다. 그리고 땅이 젖어 있을 뿐이다. 이처럼 담담하게 오는 봄은 세 번째 편지에서 요란하고 흥겹게 들떠 있던 가짜 봄에 비하면 봄이라고 할 수도 없다. 그리고 봄을 맞이하는 화자의 태도 역시 세 번째 편지에서와는 판이하다. 세 번째 편지에서 화자는 매우 성급하고 호들갑스러웠다.

괜히 방파제를 왔다갔다하고, 허리춤을 추고, 가벼이 둥싯거렸다. 그러나 다섯 번째 편지에서는 봄을 맞이하는 화자의 태도가 매우 조심스럽다. 평소 늘 가슴 졸이며 사는 사람, '엑스레이 찍을 때만 가슴 펴 본' 사람의 소심함과 조심스러움으로 봄을 맞이한다. 봄이 왔다고 흥분하지도 않는다. 오히려 다시 겨울이 되어도 실망하지 않을 마음의 준비를 해 둔다. 그리고 조심스레 밖으로 나와 봄을 확인하고는, 흥겹게 축제를 벌이는 것이 아니라 삽을 들고 옆집 청년이 흙일을 하는 것을 도와준다. 이것은 매우 겸허하면서도 성숙한 삶의 태도이다.

또한 다섯 번째 편지의 마지막에서는 땅을 파던 화자가 사람의 뼈를 발견한다. 그 뼈를 보고 화자는 '가슴 언저리가 가장 복잡했습니다'라고 말한다. 가슴 언저리에 있는 뼈는 갈비뼈다. 그 뼈는 가장 소중한 것을 보호하기 때문에 가장 복잡하다. 즉 인간의 가슴에 있는 것인 마음이 가장 소중함을 화자는 깨닫는 것이다. 시련과 좌절을 거쳐서 비로소 겸허하고 성숙해진 마음이야말로 봄을 맞이하는 데 있어서 가장 소중한 것임을 말하고 있다.

황동규의 시 「겨울에서 봄으로」는 이처럼 봄이 오는 방식과 봄을 맞이하는 태도에 대해서 우리에게 이야기한다. 봄은 단번에 오지 않는다. 꽃샘추위와 같은 또 한 번의 실망과 좌절을 거쳐야만

진짜 봄은 온다. 이러한 이치는 비단 봄에만 적용되는 것이 아니라 삶의 일반적 진실로 확대될 수 있다. 가령, 감기가 다 나은 줄 알고 함부로 외출하고 무리했다가 다시 감기가 도져서 고생한 경험은 누구에게나 있을 것이다. 그런 과정을 거쳐서 우리는 보다 조심하게 되고 마침내 감기로부터 벗어나 건강을 회복하게 된다. 사업도 마찬가지다. 처음 사업을 시작할 때는 누구나 불안한 마음으로 성실하게, 조그만 이익에도 감동하며 일을 한다. 그러다가 사업이 좀 잘되고 자리가 잡힌 듯하면 섣불리 성공한 사람의 헛된 멋과 욕심을 부리게 된다. 그러다가 다시 사업이 곤경에 빠지고 좌절을 경험하게 된다. 그 좌절을 딛고 다시 사업을 일으키면 이제는 헛된 멋과 욕심을 부리지 않고 계속 겸허하고 성실한 자세로 사업에 열중하고 그렇게 해서 비로소 진짜 사업에 성공하게 되는 것이다. 공부할 때도, 연애할 때도, 도를 닦을 때도 이러한 이치는 진실이다.

　이처럼 우리 인생살이는 겨울 편지에서 바로 다시 봄 편지로 이어지지 않는다. 거의 언제나 가짜 봄 편지의 흥분과 되돌아온 편지의 좌절과 안 부친 편지의 인고와 절제를 거친 후에 비로소 진짜 봄을 맞이할 수가 있는 것이다. 그리고 그 고통의 과정을 거쳐야 우리의 삶은 겸허한 성숙에 이르게 되는 것이다.